La Habana en mi balcón

Willema Wong

GANADORA
IV Concurso Internacional de Novela
Contacto Latino

La Habana en mi balcón
Todos los Derechos de Edición Reservados
©2016, Willema Wong
Arte Portada © 1937 Magritte "Juventud" en collage
con balcones de La Habana
Foto de Autora © 2016 Damilsy Romero
Pukiyari Editores

ISBN-10:1-63065-048-X
ISBN-13: 978-1-63065-048-3

PUKIYARI EDITORES
www.pukiyari.com

Para Rodrigo Agras,
cuando estos años nos queden lejos.
Y para Frank, por el presente.

Índice

Melancolía de una calle

"The history of melancholia
includes all of us."
—Charles Bukowski

1

He amanecido tan apagada como la ciudad. Otro despertar sudoroso, sin ventilador. Otro día para pensar en el precio del barril de petróleo, la economía en ruinas, los imperios que se alzaron sin luz eléctrica, la historia de las dependencias humanas. Otro día para justificar mi lentitud laboral. Mis horas de burócrata, apestando a papel y tinta, redactando informes y rellenando formularios, como si el mundo entero cupiera en una planilla y pudiera archivarse para quedar resuelto, durmiendo el sueño de las gavetas inservibles, los almacenes de memorias muertas.

Mi primer ritual al amanecer consiste en tomar un café mientras observo desde mi balcón el movimiento ralentizado de personas que inician un nuevo día. La calle despierta repleta de pasos perezosos, soñolientos, abúlicos. Es así como iniciamos la construcción de veinticuatro horas más de esta Revolución donde lo más enérgico que tenemos es la inercia. Somos los revolucionarios de la resistencia pacífica en un imperio gris.

Bebo mi café con hielo, casi insípido, pasado de agua y en una taza de porcelana inglesa, herencia de mis antepasados. Dicen que así de "bautizado" es el café en Europa y Norteamérica. No sé, porque de Europa y Norteamérica no podré saber más que lo que dicen, en los libros, en la tele, en las bocas de pasajeros visitantes, en las cartas de la familia y los amigos que se van, en las revistas que te prestan; nunca en Internet.

Mi café nada tiene que ver con lo que se aconseja siguiendo la orientación de las siglas: **C**aliente, **A**margo, **F**uerte, **E**scaso. Las siglas plagan esta isla. Las siglas esconden a las palabras y sus significados. Economizan el lenguaje, lo reducen a la mínima expresión: CDR, FMC, MTT, MININT, SNTC, FEU, FEEM, UJC, PCC. Dígame usted si es un mal universal. ¿A cuántas siglas pertenece?, ¿paga cuotas por estar afiliado?

Por más que mi café reniegue de su cultura yo no soy una aculturada, aunque nunca dibuje en mi rostro la sonrisa que se vende, ni sepa bailar salsa, ni tenga caderas anchas, ni un trasero voluptuoso, ni el andar despampanante. Soy tan cubana como las que califican de típicas. Esta isla es el único sitio del planeta que conozco. La única geografía en el atlas de mi existencia.

Soy una de esas personas silenciadas, afiliada a un número reducido de siglas (sólo las obligatorias), con título universitario y problema de vivienda resuelto. Un ser despojado de los cómodos estereotipos que nos olvidan al margen del margen, desde donde existimos con nuestros propios deseos, emociones, sueños, aislamientos.

Con mi familia mantengo contactos breves en fechas significativas, llamadas telefónicas de dos minutos y repartos de cualquier regalo proveniente del extranjero (los que mi madre nombra, muy agradecida, "las limosnas"). Desde los diecisiete años siento la paz de haber podido permitirme la libertad de abandonar la casa natal. Fue cuando encontré un amor al que convertí en mi única familia. Pero él no creyó posible que lo amara y después de tres años se apartó de mí, de la manera más definitiva, sin permitirme convencerlo ni implorarle.

Me quedaron entonces tres grandes amigas. Una era la mejor para hablar de poesía y novelas, estados de ánimo, emociones indescifrables o sueños estrafalarios. Otra para hacer compras, compartir revistas de moda conseguidas de las más diversas formas, nunca compradas en ningún kiosco, y fabricar accesorios para el cuerpo o la casa. La tercera era una maestra en "resolver", lo que fuera sin hacer colas: turnos médicos con los mejores especialistas, documentos, comida… Era también quien me ayudaba a vender cualquier cosa cuando no tenía ni un centavo, y cocinaba para tres días, porque yo estaba muy flaca y tenía que alimentarme (mensaje que dejaba en grandes letras en la puerta del refrigerador). Pero una por una fue diciendo adiós, para encontrar sus vidas en tres sitios diferentes: Copenhague, Miami y Barcelona.

Ahora los amigos y los amores se convierten en visitantes transitorios de los que siempre dudo. ¿Cuánto tiempo estarán? ¿Quieren mi espacio, mi casa? ¿Vienen a investigar mi vida privada? ¿Estoy paranoica? ¿Necesito un siquiatra?

Creo que también estoy sola porque me resulta imposible hablar el lenguaje de esta sociedad, por más que me encanten las palabras, los diccionarios, todos los libros y sea capaz de ganar un campeonato de Scrabble. Es un lenguaje para el que me siento incapaz. Soy una ignorante de los códigos que me permitan la inclusión. Estoy fuera del juego que me ha puesto por azar en este sitio de la Tierra, al que por ahora no tengo la perspectiva de decir adiós.

Vivo sola y desde mi balcón sopeso como en una balanza todo lo que ocurre de un lado u otro. Es en mi balcón que comienza y termina mi Habana. Es aquí, en este rincón, donde tengo mi burbuja y construyo mi isla.

¿Y si Robinson fuera una mujer?

He erigido aquí dentro mi universo, mi Tierra prometida, mi Jerusalén libertada, mi pirámide y mi torre de Babel. Yo tengo mi góndola, mi Sena, mi libertad esculpida, Alpes y Andes para escalar desde las profundas catacumbas y mil sitios escondidos a los cuales, tal vez no me alcance el tiempo para visitar.

Desde mi balcón lo tengo todo: mi cachito de malecón y de cementerio, mi Habana Libre difuso, coronado por una pléyade de auras tiñosas; mi torre en el Focsa. Desde aquí soy parte de todas las azoteas, los tanques de agua, los cables eléctricos, las tendederas de ropa. Es para mí la ciudad entera como una postal que no se vende, ni se quiere regalar. Una postal que se vive y se disfruta con estos ojos marchitos y un amasijo de buenos recuerdos desgajados.

Si tuviera una cámara, tomaría algunas fotos para guardar junto a mis comentarios personales, acompañados de algunas frases sobre la melancolía, firmadas por personas de nombre reconocido, criterios consagrados. Serían las fotos de mi memoria, destinadas a desdibujarse, a ser sustituidas por nuevas imágenes en el cotidiano bregar. Esas palabras son mis únicas huellas, dudoso cimiento de mi historia personal, fugaces, transitorias, como esos autos que acaban de pasar frente a mi balcón.

Con la ayuda de hombres cuyo sueño es un auto (el que sea —la opción es considerada un lujo por estos lares— si le dan algo, aunque sea una basura, agradézcalo) he aprendido a identificar las marcas, los modelos, los años. Ha pasado un Chevrolet de 1959 seguido por un Moskovitch. Van a un ritmo lento y el carro ruso hace sonar el claxon con desesperación. Por la otra senda, en el sentido contrario, pasa a toda velocidad un Audi. Es la confluencia de tres tiempos históricos para mi país. Es mi vida que se va con los tres, dejándome sólo el humo que alzan, el ruido y una imagen simbólica de recuerdo.

Me concentro en la arquitectura, que es más perdurable, aunque el tiempo, el descuido y otros males terminen por hacer con ella una carcomida ruina que desluce la ciudad y para algunos la adorna con la poesía de la miseria. Allí está el palacete de principios del siglo XX al lado de la casa construida estilo años cincuenta, más allá un edificio con elementos Art Decó y en aquel otro la sinuosidad de balcones y motivos fitomórficos herencia del Nouveau. En la otra esquina, un inevitable edificio de microbrigadas; arquitectura impersonal, obra del fracaso, construido por manos de cirujanos, enfermeros y técnicos de laboratorio que cumplen la utopía en la que cada quien puede levantar su propia casa. ¿Dije propia? Aquí no hay nada propio, compañera. Mejor, continúe en la visualidad de su entorno, sin ahondar en el sentido y la historia que se levantan en cada pared.

Sí, La Habana es una ciudad ecléctica, como mi casa del año veintiséis, como yo misma. Tengo veintiséis años. Sincronía de los tiempos en un número y un estado del alma. Me siento tan envejecida como la balaustrada de mi balcón, tan gastada y sin brillo como el mármol sobre el que me apoyo, tan inestable e insegura como estos techos que se vienen abajo. El balcón es mi signo de la espera, de la contemplación, del límite, la inestabilidad y la desconfianza. El balcón es también mi observatorio, mi centro de pronósticos. Desde aquí arriba detallo los ojos, las miradas de las bocas, el cansancio luminoso de los niños y las arrugas memorables con las que cargan los viejos. Busco rostros bien dibujados, rostros expresionistas, rostros que le harían honor a Picasso, rostros tan abstractos como los cuadros de Malévich. Los rostros son la obra reciclada de Dios (o de quien sea el inventor del ser humano) Rostros reciclados sobre cuerpos canjeables cubiertos con ropa reciclada. La ropa es un lenguaje con códigos particulares para cada sitio en el que exista gente vestida, incluso sin vestir. Desde mi balcón siento el vértigo de tanto mal gusto acumulado, tanta vulgaridad para una sola calle, tantos cuerpos horribles resguardados por ropa tan demacrada. Pero la gente se viste con lo que puede y no con lo que quiere. Ropa museable, ropa de disfraces, ropa comprada por otros, elegida por otros, ropa de otros. Ropa sin personalidad, ropa carente de carácter. ¿Qué tal si anduvieran todos desnudos? Según Kundera *"La fealdad humana es la fealdad de los vestidos"*. Si ahora mismo se quitaran la ropa, a manera de *performance*, la visualidad sería la del cuerpo en sus múltiples versiones. Cuerpos recién nacidos, cuerpos viejos, cuerpos púberes, cuerpos enfermos, cuerpos monumentales, cuerpos deformes. Todos desnudos, haciendo público lo púdico, como en una fotografía de Spencer Tunick.

Reparo en la suciedad de la gente. La gente está sucia, sobre una calle sucia, respirando un aire sucio. Estética del asco. Mi casa está sucia, yo estoy sucia, aunque tenga la bendición del agua a todas horas y proyectemos, mi casa y yo, la imagen de la pulcritud. Polvo somos y en polvo nos convertiremos, sin biblias ni metafísicas. Suciedad, sociedad, suciedad, sociedad... La limpieza y el orden modulan las condiciones del ser, y también las del no ser.

El paso de una Harley Davidson me cambia la perspectiva. Pienso en la fraternidad de los motoristas, en el parque Lennon, que está muy cerca; en Miguelito, que hoy no tiene el *rock* a todo volumen porque el vecino tiene un toque de santo y la hija de Cachita está ensayando en el portal su vals de los quince. ¡Qué ridiculez esa de cumplir quince! Así trates de pasar de los catorce a los dieciséis se confabulará tu familia para las fotos y el vestido de princesa, aunque pasen hambre y de las fotos sólo guardes una falsa sonrisa y de princesa no te quede más que la inútil ilusión. Es que en este país hay hambre de todo, menos de orgullo.

Son casi las seis de la tarde, hora en la que comienza ese ritual de ellos que me resulta conocido. Ahí están, todos los días con el mismo andar fatigado y la respiración entrecortada que presiento desde esta altura. Al aire libre, entre las columnas corintias del soportal que rodea ese bar de mala muerte, los viejos harapientos hacen cola. Verlos comer su hambre resulta un cuadro expresionista de los más crudos. ¿Cómo habrán sido en el pasado? Porque también los miserables tienen pasado, y seguro lo recuerdan, aunque parezcan locos buscando en la basura y tengan miradas perdidas y pidan limosnas con el pretexto de una úlcera o alguna enfermedad terminal. ¿Hay lugar para el amor en la miseria?

Hurgo en el pasado con el mismo afán que ellos registran la basura. Busco con la ilusión de sorprenderme entre los restos inservibles. Busco con el temor de encontrarme un espejo en el fondo de mi basurero. Pero no dejo de buscar. Mi isla se construye de tiempos convergentes, de olvidos rescatados, de memorias inventadas. En mis paredes levanto ciudades y construyo continentes. Intento convencerme con Nizar Qabbani de que las mujeres —como las ciudades— necesitan de un período de reclusión para conocer el verdadero significado de la libertad.

No quiero ser uno de esos viejos, no quiero ser una jubilada que cobra la pensión en el correo, haciendo una cola enorme, arrastrando unos zapatos rotos, ropa descolorida y pegados a montones de jabas para echar lo que se encuentre.

Por cierto, hoy en el correo, cuando fui a pagar la cuenta de teléfono (mitad de mi salario) —¿será que hablo mucho o gano poco?— vi un cartel que copié irremediablemente.

El autor del texto obró con el automatismo psíquico de un individuo sumergido en el surrealismo tropical. Tal vez creyó, inconscientemente, que a sus receptores directos (los jubilados) habría que comunicarles con un texto-trabalenguas. Cualquier duda, llame a Fleitas.

Todos estamos inmersos en ese mismo surrealismo tropical, y al final terminamos entendiendo. Estamos allí dentro porque aunque digan que "Dios aprieta, pero no ahoga", a nosotros Dios nos olvidó debajo del agua. Pero aprendimos a respirar desde nuestra condición de ahogados; aprendimos a convivir con el silencio de los peces, aprendimos a ser peces. Y en el proceso de aprendizaje rescatamos a muchos dioses, porque uno solo no basta y las metamorfosis desgarran. Las religiones no son el opio de los pueblos; son las muletas sobre las que se sostienen los pueblos en crisis.

Hoy vi, en la parte inferior trasera de un Renault estatal, una tira roja para el mal de ojo. Delante, a la altura del espejo, Cristo pendía de un rosario y justo enfrente, contra el cristal, un mono de peluche como amuleto. Yo también creo en las tiras rojas, los azabaches, los ojitos de Santa Lucía, las hojas de trébol, las cartománticas, las limpiezas con hierbas, las cartas astrales, los babalaos, los huevos rotos en las esquinas para tirar todos los males. Yo, antes de dormir, rezo todas las noches un Padrenuestro y un Ave María, desde que era niña, aunque cuando niña debía ser un secreto compartido sólo con mi abuela. El Hombre Nuevo no cree, pero para lamentación de los que creyeron en un Hombre Nuevo, el hombre continúa siendo tan viejo como desde su primer momento de ser y esencialmente cree. Yo me sirvo de oraciones establecidas y aprendidas, aunque no crea en las religiones. Ellas y los partidos políticos son tenebrosos hermanos gemelos, hijos del poder y la opresión. Sin embargo, la fe es alimento necesario, una puerta por la que creemos ver rayos de luz.

Yo le pido a la Virgen de la Caridad, con sus dos nombres, hago yoga para equilibrarme mientras Dios y la Virgen acuerdan atenderme. Tengo una colección de Budas y un mandala y, justo al lado, un vaso de agua destinado a ese muerto mío que aún anda por aquí tropezando con los muebles. Jean Luc, que aún no se muda de plano, aferrado a este país que no fue el que lo vio nacer y sí morir, incluso morir desde que estaba vivo.

Anochece, y sin luz eléctrica la ciudad se plaga de sombras. Nos convertimos en los desvanecidos espectros a los que les resulta imposible planificarse la vida. ¿Cuántas sombras estarán copulando en este instante? El sexo es una común terapia liberadora y el matrimonio no se consuma sólo para construir un proyecto de vida. Yo no tengo ánimos ni siquiera para enredarme con la almohada. Mi solución es este papel sobre el que dejo mi día en letras modeladas con la variabilidad de mi ritmo interno. Papel consuelo que encontrará su fin descuartizado en un cesto de basura, hurgado por los buscadores de miseria, a los que no interesará armar un rompecabezas con mis emociones. Mi solución es llorar como una niña que no entiende al mundo, como una mujer que ansía volver a ser niña, como un ser humano que concientiza su condición de cadáver putrefacto. Hay cada vez menos luz y esta linternita *"Made in China"* alumbra poquísimo. Estoy obligada a abandonar la escritura. Me niego, continuaré la redacción en mi memoria. Apagaré la linternita para creerme que aún puedo guardar luz entre mis manos, para hacerme la ilusión de que existirá alguna puerta para abrir.

No te esperances, Robinson. Los ojos te pesan tanto como el alma. Arrastras tu vida a oscuras, ¿y crees de verdad en una luz? No hay más puertas que las que se cierran. Estás hecha de naufragio, para el naufragio. Naufragas con tu isla, en tu casa. Naufragas en tu cuerpo, y el balcón es esa tabla a la que te aferras para no inmortalizar el vacío.

2

Cierra la puerta del balcón y se dirige a su cuarto entre penumbras. Conoce perfectamente el camino, pero va con cuidado de no tropezar. Le asusta la oscuridad y sentirse tan sola. Se aterra cuando, al pasar frente a la puerta de entrada, la que da a la escalera de mármol sucio, ve invadir su casa por un sobre blanco, de carta. Al principio creyó que era el sonido de alguna cucaracha, pero enseguida tuvo la claridad de definir la presencia de ese sobre. Estuvo paralizada durante unos segundos, semejantes a minutos, delante de aquella misiva llegada en medio del apagón. Si tiene miedo de tomar el sobre, abrirlo, saber de qué se trata, mucho más miedo tiene de abrir rápido la puerta y enterarse de quién se lo ha hecho llegar. Por fin lo toma y corre a su cama, se esconde debajo de las sábanas, con el sobre. Así se queda dormida, apretando entre sus manos una incógnita.

Pasada la media noche se hace por fin la luz. El sobre se ha estrujado, como su pelo, como su ropa de burócrata, como sus ojos temerosos de la oscuridad. Está completamente en blanco por fuera, no indica un nombre, pero ella es la destinataria sin duda, lo echaron por debajo de su puerta y en su casa no tiene compañía.

¿A quién se le habrá ocurrido hacerle esa broma?, la vecina no ocuparía nunca su tiempo con un juego como ese. ¿Quién pudo ser? Le parece una sorpresa deliciosa, una propuesta en la que cumplirá su parte. Es así, que en la madrugada de ese día que amanece y oscurece sin luz eléctrica, cuando concientiza que su Habana empieza y termina en su balcón, se decide a escribir cien veces, como una alumna indisciplinada, a la que han puesto de castigo para enmendar sus faltas, la orden que encabeza la hoja dentro del sobre.

Ejercicio # 1 para la memoria.

Escriba y repita cien veces, en alta voz:

PROHIBIDO, NO HAY, CERRADO

Atención: Si durante la escritura o lectura demuestra algún síntoma de cansancio o desinterés, estará obligada a repetir el ejercicio tres veces hasta que aprenda correctamente la espontaneidad y firmeza con que debe actuar.

Prohibido, No hay, Cerrado. Prohibido, No hay,

IDO... ¡AY!... ERRADO

3

Esta calle de tráfico fluido comienza en el mar y termina en el cementerio. Pudiéramos decir también que comienza en el cementerio y termina en el mar. Todo depende de la posición y disposición que asumas. El mundo de lo tangible varía cuando la subjetividad cumple su rol de cambiar lo que parece estático. A mitad de este camino descifro mi vida. La derecha o izquierda de mis rumbos cambia de parecer en dependencia de mis salidas o entradas. Mis principios y finales se intercambian, y a veces me dejan sin solución. El destino que avizoro de un lado u otro me aterra. Sólo deseo la tranquilidad de no tener que tomar obligatoriamente una decisión. Es difícil tener una verdad propia cuando te imponen patrones en los que tienes como condición unirte a lo que jamás te hubieras unido, ser parte de algo que te resulta ajeno.

La gente pasa, arrastrando inconformidad, frustraciones, miseria, tedio. Los veo y mi reacción inmediata es cerrar todas las puertas. Huida, evasión. La gente pasa, sosteniendo sobre sus hombros una aplastante atmósfera. Caminan como si dejaran rastros de una epidemia. Una enfermedad contagiosa, transmisible por el intercambio de miradas. Habitan esta calle miles de enfermos. Debo cuidarme. Ponerme en cuarentena. Pero el encierro es posible sólo por un tiempo. Existe en mi ser una isla y un enorme continente. También me habita un océano. Cuando al encierro le llega su caducidad, bajo las escaleras, o me acerco a las persianas para atisbar el estado de epidemia cotidiana.

Me seduce la calle, esta calle. Ella es parte de mi pasión. A ella me entrego, me sumo a la inercia de la gente que pasa. Lado a lado, o desde la distancia que me permite el balcón. Tengo con Doce una relación de amor y rechazo. Me mezclo en ella hasta ser parte de su esencia, me contagio con la rutina, soy capaz de sonreírle a las miradas que se cruzan. Hago acopio de toda mi filantropía y ayudo a los ancianos a comprender el semáforo chino con su hombrecito verde de piernas en constante movimiento, o agradezco al loco su elogio de mi sonrisa mientras deambula en derredor, creyendo que conduce un auto nuevo y luego hace de locutor de radio transitando por varias emisoras. Respondo al saludo del bebé en el cochecito, por un instante no me parece un error inadmisible el hecho de parir, traer hijos al mundo, continuar la herencia social, la evolución de la especie. Me balanceo entre la gente aglomerada que sube a un autobús. Saludo afectuosamente a los de la panadería, el correo, el puesto de helados, la florería. Vuelvo a casa, mendigando en cada escalón mi dosis de soledad, mi lejanía. Subo a mi paraíso, recitando una mentira que por ese instante es mi única verdad: a la calle no vuelvo.

En la calle ves fluir la vida de una ciudad. Una calle es el retrato en movimiento de un país; como en un fractal, donde la parte reproduce el todo. Es un retrato efímero, en cambio constante, sin abandonar nunca su esencia. Casi todas las calles se despojan de lo impersonal a sus costados, donde crecen muros de viviendas, fachadas que esconden detrás vidas privadas, rostros que en la multitud de la calle se pierden, se desvanecen. Rostros que sólo son alguien en ese pedacito de calle que los oculta.

Desde mi balcón participo como espectadora de eventos públicos. Masividades que cubren el pavimento con sus motivos. Cada celebración deja en Doce y mi memoria diversas alfombras, descosidas al final por los basureros de Aurora, deshilachadas por mis olvidos.

El rastro de naranjas y bolsitas de agua, esparcidas por los corredores de la maratón. Domingos en los que despierto por voces alentadoras y pasos al trote. Unos corren con pies semidescalzos, otros se amortiguan en el confort de reconocidas marcas deportivas. Corren en el horario en que la Calle 12 aún guarda suficiente silencio. Corren cuando el sol parece promulgar caricias. Seguramente terminan bajo un sol agresivo, en un destino que nunca logro conocer. Esta alfombra de hollejos, bolsas y sudores se extiende ante los que no van a la vanguardia, los perdedores de una competencia en la que todos resultan victoriosos. Yo bebo café. Sorbo a sorbo veo pasar a los que defienden causas nobles con su corrida, en este país donde el deporte ha sido una de las glorias, orgullo nacional.

Noches de camiones ruidosos, banderolas y pueblo listo a desfilar, emotivo y enérgico pueblo entusiasta. Preparación madrugadora de marchas matutinas que no me dejan dormir con tranquilidad. Marchas a las que nunca asisto. Marchas que han dejado en mí las huellas de una calle repleta de banderitas de papel, símbolo patrio mezclado con cuanta basura se le ocurre a la gente ir tirando. Otra alfombra para disfrazar esta calle. Vestuario de ocasión que la gente entreteje a su antojo mientras esperan, caminan, o se transportan en los camiones como ganado, cabizbajos, o con desagradable euforia.

Calle teñida de festival, salpicada con programas de filmes que tal vez no vea nunca. Calle de rostros frescos, de estudiantes provincianos que evaden en la cinemateca el hambre y el hacinamiento de las residencias. Estudiantes que se repiten a través del tiempo.

Creo verme en cabellos sueltos y risas ingenuas de rostros que no se parecen a esta imagen que hoy retratan los espejos. Arrastrando sandalias y comentarios. Arraigando en el fondo de mí un poco de cinismo, melancolía y esperanza.

Festividades protagonizadas por la grasa porcina y el ron. Cualquier motivo es bueno, cada cierto tiempo es una necesidad para las masas, es la manera de mantener contenta y enajenada a la multitud. El dolor de un pueblo miserable se consuela con una terapia de tres B, aplicada en dosis intermitentes: Bebida, Baile y Bocados.

Humaredas de caldosas cederistas. Gente que cumple sonriente su deber de pueblo disponible, cumplidor de mandatos. No aporto para esas fiestas ni un diente de ajo, ni veinte centavos, ni siquiera dejo el balcón abierto para no contaminarme con el humo, la música abominable y el falso entusiasmo de unos segundos.

Domingos de mayo y junio que tienen en las flores la nostalgia de los hijos. Para mí las flores sobre una tumba carecen de significación; también los cementerios. Por mí que me incineren; y mis seres queridos, no esperen una cita conmigo una vez que se hayan ido de este universo.

Tardes de entierros de famosos rostros. Cortejos fúnebres que al pasar cubren la calle con un velo invisible de dolor, decorado con algún pañuelo ahogado en lágrimas o una flor de corona, escapada de su destino entre los muertos. Flores atropelladas que prefieren morir del otro lado de la cerca amarilla de cruces blancas. Del lado donde se anuncia: "Arreglos florales festivos y fúnebres", como si una cosa y la otra estuvieran tan estrechamente unidas y todos creyéramos, como Borges, que debemos entrar a la muerte como quien entra en una fiesta.

Me entristece la florería frente al cementerio, a unos pasos de mi oficina, a unos metros de mi casa. Venden flores tan marchitas como los rostros de las floristas. Tan muertas, como muertos están sus días sin sentido. Ellas transpiran tedio y sudor. Además, son feas; para nada deliciosas, por tanto, pues Baudelaire no tiene que ver en el asunto, aunque La Habana también sufra su propio *spleen*.

Mientras dura la marcha fúnebre, en los balcones y las aceras el público siempre está dispuesto a despedir el final de la obra. Gente comentando anécdotas que no vivieron, novelas de invención instantánea, con imaginación desechable. Yo les digo desde mi segundo piso, a los viajeros de carrozas grises, que al fin se libraron, ya no tendrán que ensayar con nuevas máscaras.

No es casual que ante mis ojos pase la muerte como un motivo recurrente, teniendo tan cerca la necrópolis que lleva el nombre de quien descubrió esta isla, creyéndola la India. Los muertos desfilan ante mis ojos, y yo me imagino sus pasados, sus miserias humanas, mientras transitan hacia su última morada, una ciudad silenciosa y patrimonial. El Cementerio Colón es también un sitio de negocios, con su Rent-a-Car y sus guías turísticos. Manera de hacer producir a los muertos. Utilidad de los cadáveres, que en su podredumbre atraen las miradas morbosas hacia sus recintos. Arquitectura que envidiarían algunos vivos.

En la oficina no me libro de los féretros y las coronas. No me abandona la muerte, como no abandona la vida mi cuerpo por más que me pese la desidia de vivir. A través de los cristales, las tres parcas me recuerdan que también para la muerte hay signos, símbolos, códigos. Todo está codificado (y cosificado). Yo creo en las señales y todo lo que veo lo veo para ver otra cosa. Pienso en los muertos que desfilan ante mi balcón y en la parada que hacen en el semáforo, justo frente al medio relieve de figuras agresivas que intentan salir del metal en el que se fundieron. El medio relieve que inmortaliza el día en que fue declarado el Carácter Socialista de la Revolución, acuñado por un "Socialismo o Muerte", perdurable por más de cincuenta años. La esquina donde se ha grabado en metal que esta Revolución es de los humildes y para los humildes.

Pienso en la valla publicitaria que le queda enfrente, la que anuncia: *"Nadie podrá bloquearnos la verdad"*, junto a dos niñas, una muy negra abrazando a otra muy blanca, a lo United Colors of Benetton con uniforme escolar y pañoleta. La valla que resulta imposible divisar a plenitud, cuando la roja del semáforo chino me impide cruzar la calle, y yo miro los cables eléctricos, los postes y la farola que se cruzan ante el mensaje de la verdad.

Doce de mis campanadas sin fe, mis soledades en medio de la multitud. Doce de mis días y noches, de mis soles y lunas, ¡cuánta historia pesa sobre tu asfalto! Esas que ya no están, las que sólo sé por referencia.

Este pedacito de ciudad, por la que circulan miles de personas a diario, tiene un sitio para casi todo. Diversas áreas de la vida social tienen su representación a lo largo de esta arteria: escuelas, zona militar, oficinas, gasolineras, bodegas, mercados agropecuarios, tiendas caras y baratas, terreno deportivo, consultorios médicos, paradas de guagua, galería de arte, cafeterías, restaurantes, un antiguo club burgués convertido en Centro Social Recreativo. El caballero que como yo nunca fue a París, las pupilas que tomaron inmortales fotos, los deportistas que pasearon como presidentes saludando a través de la avenida, los emocionados fanáticos del *baseball*, los discursos efervescentes, los arquitectos que te dieron esta imagen.

Habitan esta calle gente de la más diversa estirpe: obreros, intelectuales, marginales, seudoburgueses, amas de casa, nuevos ricos, miserables. Gente, gente, gente… gente que me produce inesperada alegría, esperanzado optimismo. Gente que me destruye con sus pasos. Desconocidos que lloro, rostros habituales que me desgarran. Fugaces sonrisas que me devuelven la luz. Efímeras presencias de esta calle, arraigados por siempre a mi memoria.

Miro mi calle y busco un equilibrio interno difícil de encontrar. Observo y escucho. Grito por dentro todo el silencio que me aplasta. Grito con voluntad dadaísta. Pienso, siento y presto atención a la música que me recorre. Es un canto de cisne. Todo me viene a ser ajeno. Soy espectadora de vidas que no llegaré a conocer jamás, mientras me debato entre la sepultura y el ahogo.

Doce, eres el escenario en el que se representa la existencia. Vivirás por siempre en mí. No me dejarás, aunque yo te abandone algún día. Desde cualquier sitio donde viva, tenga un balcón o no, siempre habitaré la misma calle. Intentarás engañarme con vestidos nuevos, un maquillaje diferente, un peinado renovado. Cuestiones de imagen (que ayudan a creer que algo varía) pero yo sabré que continuará tratándose de la misma señora, la misma calle que me habita, calle con nombre de varón.

4

Desde el momento de su construcción ese edificio estaba destinado a la resistencia. Se terminó en 1926. Ese año, el 20 de octubre, pasó por La Habana un famoso huracán. Dejó a la ciudad completamente incomunicada, provocó cientos de muertos y lanzó contra la costa a muchos barcos anclados en la bahía. En el año 26 nacía ese que ha marcado un hito en la historia de la isla. Un día 26 celebra ella su cumpleaños.

Durante más de ochenta años, el edificio ha soportado vientos y lluvias, vecinos malhumorados, frustraciones, desasosiegos, sol rajapiedras, chivatos, suicidas, mercado negro, infidelidades, confesiones. Hoy muestra orgulloso los signos de vejez, las cicatrices, las huellas de la desatención. Aún en pie. Cayéndose, pero cobijando las vidas de nueve familias. La resistencia pacífica es su continua guerra, su batalla huracanada con apariencia de soleada primavera.

Su casa está en el segundo piso, al centro. Es una versión apartamento de las casas "de las cuatro P": puntal, portal, patio y persiana. Cuatro, como los puntos cardinales; cuatro, como las estaciones; cuatro, como los elementos. Su persona pudiera esbozarse en cuatro veces cuatro **P**:

Paradójica	Perfeccionista	Pusilánime	Pesimista
Polifacética	Políglota	Paranoide	Particular
Paciente	Púdica	Pulcra	Pasional
Pueril	Pacífica	Pútrida	Parricida

El puntal alto hace de ese segundo piso una escalada fatigante. En cambio, favorece la brisa, la ausencia de calor, el fresco de siempre —a ratos ventolera. En lugar de portal: la terraza, distante de la calle y formando parte de ella. El patio es una ilusión, una ausencia fantasmal, la pertenencia ajena debajo de sus ojos, el fondo del abismo. Las persianas son la nota francesa, el recuerdo latente de su pasado familiar y conyugal. Las persianas le permiten la intromisión discreta, la modulación de la luz.

Deambula semidesnuda. Duerme semidesnuda. Muestra su estructura de la misma manera que ese techo se despoja de su vestimenta vieja para dejar al descubierto sus huesos férreos, sus músculos de cemento, arena y cal. Cuando recibe visitas cubre su cuerpo con colores mustios como esas paredes. Estampados desdibujados, texturas de otros tiempos.

La decadencia se asoma por todos los rincones, pero gracias a la magia de la decoración, ese palacio en ruinas es el sitio donde es más feliz en toda la ciudad. Muebles antiquísimos junto a modernos montajes de su creación. Detalles a lo Almodóvar, como ese tacón lejano al final del pasillo. Detalle Bauhaus en la silla donde nadie se sienta. Un espacio para lo indio, en la magia de los cofres y las telas. Lo afro del eleguá a la entrada y el tamborero de barro que sobrevivió a la embestida de un perro en una galería. La estrella de David, recuerdo de un amante judío. Un ábaco chino, matriuscas rusas, zapaticos holandeses. La jarra de cerveza alemana de Thomas. El mate de Diego. Una manta blanca y negra del romance palestino cuyo nombre quería decir estrella.

Un sitio para el *american way of live* en ese cuadro *pop* y los equipos donde la tecnología se ríe de las ruinas. En ella se juntan lo popular y lo culto, la creencia y el ateísmo, la mezcla de todas las razas. Está hecha de retazos dispersos. Es un trozo en busca de sus otras piezas. Un rompecabezas inconcluso. ¿Dónde encontrar las partes ausentes, lo que falta, si aún no sabe a ciencia cierta con qué debe rellenar esos espacios?

Se contradice y lucha internamente en contra y a favor de ese estilo propio, que bien pudiera retratarse en una frase de Sartre: *"Si consideramos que el hombre es la superación constante de las contradicciones, entonces podemos llegar a ser optimistas"*. Ella pudo haber escrito aquel poema de la Avellaneda:

No encuentro paz, ni me permiten guerra;
De fuego devorado, sufro el frío;
Abrazo un mundo, y quédome vacío;
Me lanzo al cielo, y préndeme la tierra.
Ni libre soy, ni la prisión me encierra;
Veo sin luz, sin voz hablar ansío;
Temo sin esperar, sin placer río;
Nada me da valor, nada me aterra.
Busco el peligro cuando auxilio imploro;
Al sentirme morir me encuentro fuerte;
Valiente pienso ser, y débil lloro.
Cúmplase así mi extraordinaria suerte;
Siempre a los pies de la beldad que adoro,
Y no quiere mi vida ni mi muerte.

Como la Avellaneda, ella hubiera querido ser una mujer del siglo XIX. Se siente ajena a su tiempo, se cree fuera de lugar. De ahí debe venir seguramente su obsesión por buscar las raíces en su historia, la personal-familiar, la nacional y la humana. Busca todo aquello que la una a ese pueblo. ¿Sentirán todos el mismo abandono, esa angustiosa sensación de haber nacido erróneamente en un sitio donde se purgan penas?

En medio de esta época de informatización, nuevas tecnologías y norteamericanización de la conciencia, ella parece un personaje que ha viajado en la máquina del tiempo desde el Romanticismo. Su espíritu individualista, la violenta exaltación de su personalidad. El "yo", al que le tributa un culto frenético, constituye el máximo objetivo de toda su vida espiritual. El mundo externo apenas conserva otro valor que el de mera proyección subjetiva. Rechaza la razón y todo lo racional. Prioriza los sueños y las fantasías. Sus temas preferidos están relacionados con lo sobrenatural, la magia y el misterio. No espere de ella un pensamiento sistemático y coherente, por más que cumpla cada una de sus obligaciones sistemáticas en la oficina y pueda hilvanar discursos concatenados y lógicos cuando se le pide una presentación o un informe. No comprende ni interpreta al mundo de una forma global (¡en tiempos de globalización!). Rehabilita continuamente el mundo de las emociones personales, a las cuales le concede una gran importancia. Como formas de conocimientos principales acepta la intuición, la imaginación y el instinto, impulsos no racionales, marcados por los sentimientos. Considera a la pasión una fuerza superior.

Al haber perdido la confianza en la razón, es por naturaleza insegura e insatisfecha, lo cual da lugar a la desazón vital romántica. Siente la vida como un problema insoluble. Su instinto le denuncia la existencia de fuerzas sobrenaturales y una invencible angustia sobrecoge su ánimo. Se sabe víctima de un ciego destino sin justificación lógica e increpa a la naturaleza, que contempla impasible su dolor. La idea de infinito preside su vida; de ahí su inquietud febril y su terrible desequilibrio. Este aspecto es, sin embargo, motor de la creación, su expresión artística es la búsqueda constante de respuestas y soluciones a las dudas y problemas.

Su yo hipertrofiado romántico y la realidad prosaica y gris que no da satisfacción a sus anhelos e ideales chocan, a veces explotan desastrosamente en silencio desde sus entrañas. Arrastrada por las imágenes que ella misma ha creado en su interior, se encuentra con que la realidad no responde a sus ilusiones. Este hecho la lleva, falta de serenidad para aceptar su ambiente, a un violento enfrentamiento con el mundo y a rebelarse contra todas las normas morales, sociales, políticas o religiosas. Protesta contra las trabas que cohíben su espíritu, y a sus ansias de libertad le crecen enormes alas.

Se sumerge, con su espíritu idealista, en el aislamiento. Su individualismo marcado sobre todo por su conciencia aguda y dolorosa de la propia personalidad, de ser distinta de los otros, que en ciertos momentos deriva en un sentimiento de superioridad —su desgracia o infelicidad son mayores que las de nadie— y es por ello que los sentimientos expresados en sus obras inconclusas son los suyos, paridos desde las entrañas. Expresan su insatisfacción con el mundo, su ansia de infinito, su búsqueda del absoluto, su amor apasionado, su deseo vehemente de libertad, sus estados de ánimo.

Siente una gran predilección por lo absoluto, lo ideal. Busca desesperadamente la perfección, lo cual explica, por una parte, su necesidad de acción, su vitalismo, pero por otra, los anhelos insatisfechos que derivan en su frustración e infelicidad. Ese vago aspirar hacia un mundo superior al de las realidades sensibles y que la razón no acierta a definir.

Sólo tiene la seguridad de lo inseguro. Ante sí múltiples espejos la reflejan, la retratan y al mismo tiempo la hacen otra. A ratos se percibe como un ser humano indolente, y eso la asusta. Luego pasa a un estado de calma, sintiendo en lo más profundo que detrás de esa indolencia está todo el dolor adherido a sus huesos y sus músculos. Dolor íntimo, histórico, escondido hasta de ella misma. Dolor donde se reconoce, con el que se arma y se levanta al mundo. Dolor que nadie creería presente en la muchacha apacible, de correctos modales que interactúa con sus semejantes desde un escenario perpetuo donde se ha perdido toda veracidad y las máscaras son la norma.

La tildan de egoísta y egocéntrica. Ella sencillamente piensa que no va bien en ningún grupo. Ya ha sufrido las exclusiones durante toda su vida escolar. Escapó de las niñas mimadas de inteligencia poco creativa, de las bailadoras y gimnastas que hicieron odas al cuerpo y la apariencia, de las niñas proyectos de amas de casa hasta el fin de sus días, de las que sólo hablaban de los demás. Y de los niños, los muchachos, los varones, porque le producían y aún hoy le producen hormigueos incontrolables, incapacidad de hablar, o todo lo contrario, y por tanto, se teme. Se cuida de lo incontrolable. Se concentra en domesticar sus irrefrenables arrebatos por los otros.

Le molestan las élites y la vulgaridad. Esos que se creen en un estado superior del ser y los que se regodean en la animalidad. Admira en la misma medida la disciplina y la desobediencia. Es cobarde y valiente. Teme y blasfema. Escapa y permanece. Conversa como la más sociable, de temas huecos, y luego se sumerge en el silencio de su propio monasterio. Detesta y ama esa casa de la misma manera que se detesta y se ama. Es una muchacha ecléctica en una casa del año 26.

Lo más inseguro de su casa es el sistema eléctrico. Los cables fueron sustituidos hace años, pero continúan dentro de tuberías oxidadas. El agua corre también a través de la herrumbre. Los fluidos de esa casa están débiles y entorpecidos como la sangre de sus venas, como la plétora menstrual, reprimida, estancada, sin un ritmo de aparición regular. Están ahí, existen, pero no espera de ninguno de esos fluidos su persistencia, la estabilidad, la confianza o la perdurabilidad. No esperes nada de nadie, y espéralo todo. Es lo que se dice cada mañana frente al espejo, antes de salir.

A cada paso puede haber una trampa, pero debes conservar un pedacito de esperanza para confiar en que detrás de la aparente nada pueden esconderse acciones generosas. Buscaré ese centro que me permita cambiar según las circunstancias. Libraré las batallas más profundas de mi ser, en mi casa, este universo mío. Ya podré sentir luego, cuando cierre la puerta y la calle me trague en su fango de vulgar cotidianidad, el desenfado de quien vive en paz en un mundo que se derrumba.

5

Diálogo con Augusto Monterroso, desde mi balcón de la Calle 12 (donde no se conoce su rostro, y sí este volumen de *Fabulaciones y ensayos* editado por Casa de las Américas).

Diálogo con Augusto Monterroso, en el que permanezco completamente callada, **muda de mis palabras**.

Monólogo interno, desde mi balcón de la Calle 12 (traducido por Augusto Monterroso, desde un tiempo y lugar que me son desconocidos).

Cuando me duerma, todavía estarás ahí, a mi lado, velando mi sueño, debajo de la lamparita. Recordándome que tú sí tienes derecho a Obras Completas; y que si para ti *La vaca* es un libro publicado cuando yo apenas tenía veinte años, que es nada, yo no paso de coleccionar veinte vacas, románticas (como en *Doña Flor*) que me miran indiferentes desde un rincón de mi cocina.

Desde un rincón de mí veo pasar, indiferente, las horas, los minutos, cada segundo sin voluntad, impedida de poner sobre un papel ni siquiera una línea capaz de recorrer el mundo haciendo el cuento. No me arriesgo a crear mi mundo, solo lo imagino, como entre sueños, y yo sé que él es perfecto, pero confuso. Mi escritura está destinada a formar parte de la invencible *Historia literaria de lo que no se escribió.*

Me distraigo con frecuencia, pierdo el hilo y me pongo a pensar en otra cosa, no me concentro. Y el arte lo que requiere sobre todo es concentración y esfuerzos prolongados y no pensar en otra cosa. Me falta constancia, la verdad es que no tengo vocación. Es cierto, me gusta escribir, pero no tanto, y así ¿para qué me empeño?

Luego soy capaz de sentirme fecunda, un Balzac, y me animo diciendo que terminaré una línea. La buscaré bajo mis propios escombros, sin que me dé lástima. Lo tomaré como un juego seguido con paciencia desde mi ventana, o desde mi balcón. Buscaré en los escombros de esta calle, que no se ha ganado el nombre de ningún poeta, aunque desde un extremo a otro la recorra la poesía en su todo numérico.

No hay otra: tengo un sentimiento de inferioridad. El mundo me queda grande, el mundo de la literatura; y cuantos escriben hoy, o se han adelantado a escribir antes, son mejores escritores que yo, por malos que puedan parecer. Ven más, son más listos, perciben cosas que yo no alcanzo a detectar ni a mi alrededor ni en los libros.

De ellos te digo que nunca podré deshacerme de quinientos, ni siquiera de un centenar. No los colecciono en el afán de saberme inteligente, toda una escritora acumulando escritura ajena para decorar estantes y causar admiración. Para mí la lectura es algo circunstancial, efímero. Devoro, consumo y dejo partir. Sólo atesoro esos espejos de papel que me permiten juegos para nada eruditos. Esos mismos espejos que me inhiben las ansias de escribir.

¿Tú ya leíste *Paradiso*? Yo no he podido. No, diré chistosa, yo todavía voy por *El Quijote*, a sabiendas de que jamás lo he leído ni lo leeré nunca. Pero sin bromas, no, lo que pasa es que no he tenido tiempo. Y tampoco he leído a Miguel Ángel Asturias, pero estoy de acuerdo con él en que ya sea con el señor presidente, o no, ahora los pobres son más pobres, los ricos más inteligentes y los policías más numerosos. También estoy de acuerdo en que la literatura no sirve gran cosa para cambiar la situación política de ningún país; de todas formas, los dictadores han sido y seguirán siendo siempre buenos temas literarios.

Mis tres cosas importantes en el mundo: las nubes, las maravillosas nubes, escribir y esconder lo que escribo. Escribir es un acto pecaminoso, al principio contra los grandes modelos, en seguida contra nuestros padres, y pronto, indefectiblemente, contra las autoridades. Entonces puede ser que el destino se defina en tres posibilidades: destierro, encierro o entierro. Darse cuenta de las cosas como son es algo vedado, un terreno pantanoso al que no debe una atreverse. Benditos los descerebrados, porque ellos entrarán al reino de la ceguera con tranquilidad de espíritu. Es un hecho bastante común, y suficientemente establecido por la experiencia universal, que todo cerebro que de veras vale la pena o se va por su cuenta, o se lo llevan, o alguien lo expulsa.

Charles Lamb, yo también escribo desde mi puesto de burócrata y soy tímida; dada a la melancolía y la contemplación. No soy esa mujer que lleva una flor iluminándolo todo. ¿Acaso crees que el mundo en general está bien?, ¿Qué se necesita para que el mundo sea perfecto, comprensible y armonioso? Aunque no tengo una respuesta definitiva creo profundamente que pase lo que pase, después de todo, el mundo puede ser visto con una sonrisa. Soy una pesimista que alberga en sus profundidades los deseos de que todo vaya bien y exista una luz.

¿Podré vivir de lo que escribo? Es cierto que uno vive de muchas cosas (bien lo sabré yo), de lo que busca con intención y de lo que las circunstancias van disponiendo. Pero mi escritura está marcada por la incompletez. ¿Puede querer alguien lo roto, lo inconcluso? Sí, puede. Todos somos protagonistas de un proyecto sin fin determinado, los fragmentos son lo único que tenemos, lo que nos queda en el intento de vivir.

Vivir es común y corriente y monótono. Todos pensamos y sentimos lo mismo: sólo la forma de contarlo marca la diferencia. Y es verdad que la literatura está más hecha de lo negativo, de lo adverso y, sobre todo, de lo triste. El bienestar, y específicamente la alegría, carecen de prestigio literario, como si el regocijo y los momentos de felicidad fueran espacios vacíos, vacíos y por tanto intransferibles, de los que el verso y la prosa serían malos portadores. Parecería que sólo los bobos están contentos y hay que evitar a toda costa mostrarse tonto; el genio, en cambio, se presenta siempre como profundamente preocupado, cuando no sumido en el dolor y la incomprensión. Si declaro que me encuentro bien y feliz a nadie le importa; aparte de que la declaración misma de felicidad tiene algo de insultante; debo decir que estoy mal, o triste, para que mi posible lector tenga a quien compadecer y se alegre.

Pienso si mi vida, y mis familiares, mis amigos y enemigos no habrán sido otra cosa que una especie de sueño, del que apenas quedan estas migajas. Al releerme, en ocasiones me detengo, miro a un lado y a otro, e imagino si yo habré escrito lo aquí recogido, o pensado en realidad lo que algún día dije.

Pero sueño o no, no haya temor: al fin y al cabo, más tarde o más temprano, todo irá a dar al bote de la basura. Si de esa basura alguien fabrica algún día unas cuantas nuevas hojas de papel, confío en que la próxima vez ese papel sea usado en algo menos fútil.

Un libro es una conversación, y las conversaciones bien educadas evitan los monólogos muy largos. Las novelas vienen a ser un abuso del trato con los demás, lo cual no impide que puedan ser encantadoras. De mi parte, deseo la brevedad y al mismo tiempo tengo anhelos de escribir interminables textos, largos, sin sujeción al punto y coma, al punto.

6

Elena lee sentada en la esquina de la cama y la muchacha ecléctica, tirada entre las sábanas, escucha su voz susurrante, como un rezo. Mira sus ojos verdes, luego al techo. Se pierde en el fondo blanco sobre el que comienza a vislumbrar figuras, los fantasmas de la humedad y el deterioro. La voz de Elena la sorprende: "Casi hubiera inventado el amor…", repentinamente se levanta, electrizada, para concluir aquella frase: "si no hubiera sido tan sabio, además de estar tan sólo".

¿Leíste las *Historias rotas* de Valery?, le pregunta Elena con alegre complicidad literaria. Gran sorpresa para ambas cuando comenta que sólo concluyó la frase con algo que le vino a la mente. Intuición del texto. Nada más. Le muestra la página y su corazón palpita incesante. No le queda otro remedio que beberse aquel libro fotocopiado y encuadernado por la amiga. Interrumpir la lectura de Elena para convencerse de que nunca antes interactuó con esas letras. Definitivamente no. Pero ahí está, retratada, rota como las historias del autor francés.

Es el Robinson ocioso. Como él "Ya no tengo más ley que mi indiferencia. Mi movilidad me paraliza. Mi liviandad me pesa. Mi seguridad no deja de inquietarme. ¿Qué voy a hacer con este tiempo inmenso que me he reservado?".

NADA… durante este tiempo inmenso… NADA.

Si quisiéramos citar todas sus identificaciones casi reescribiríamos el libro, con múltiples anotaciones al pie y aclaraciones, propias de sus islotes de memoria, sus mareas del sueño. Porque, aunque Valery la retrate y sus historias sean un espejo, lleva a sus espaldas su propia versión. Es Emma con su diario del cuerpo, sólo que el suyo se titulaba: *Adán con una herida entre las piernas*. Como en esa historia rota de Valery, es Raquel, o Sofía, o Agar, ¿Emma, Laura? "Me parece que soy una isla, o bien que estoy en un estado desesperado, un ser que vive a cuchilladas, una mujer como una torre completamente rodeada de enemigos crueles, de lo cual saca una fuerza infinita e implacable".

Su fuerza es su debilidad concentrada. Sus enemigos se dicen sus prójimos, su torre es la balaustrada del balcón, su desesperación es su paz y esas cuchilladas remiendan sus desilusiones.

La necesidad de expresarse está en ella como la sangre. Las palabras son su refugio. Ellas llenan sus espacios de vértigo, suplen sus ausencias, las manifiestan, las canalizan. Y ellas mismas abren ante sí nuevos abismos. Le plantean preguntas a las que no puede dar respuestas por más que analice las probabilidades. Las palabras son los remiendos a todos sus argumentos rotos.

Buscará un cuaderno para anotar todo lo que se le antoje. Ya basta de papeles sueltos que van a la basura. Podría empezarlo diciendo: No tengo idea a la que pueda aferrarme por convicción. Mi cotidianidad es la inseguridad, la incertidumbre, el desasosiego. No tengo motivos sólidos y duraderos con los que pueda ir adelante por estos rumbos inciertos. Mis verdades y explicaciones parecen disolverse en un mar sin horizonte y en una tierra infértil.

El cuaderno deberá tener rayas, no soporto escribir sin líneas rectas, ver las letras tomando rumbos por su cuenta, sin un control. Un cuaderno de tapas duras, diseñado con vacas, con un fondo oscuro, blanco no, para que no dé asco a los tres días. Cuaderno grande, para deleitarme en cada página, sin prisa de pasar a la siguiente. Cuaderno de mis sueños, motivo para ocupar el espacio de mi mente encargado de las ilusiones.

Perdidas ilusiones. Ha recorrido media ciudad buscando hacer realidad su pedido al universo, pero debe ser que en el universo hay un atasco enorme que ha impedido encontrar al menos algo parecido.

No piensen que se dará por vencida así de fácil, que acabarán con sus deseos de escribir en un cuaderno con el que se sienta a gusto. Si no lo venden —en moneda nacional ni pensarlo, sólo en cuc, con opciones limitadas—, porque los compradores estatales tienen poca imaginación y lo último que les interesa es surtir las tiendas con productos variados, afines a disímiles gustos, ella se lo inventará. Gastará más tiempo, pero construirá una nueva ilusión a partir de la ruina de su sueño. Será un cuaderno único. Suyo, personal e intransferible.

Poco a poco saca de la oficina cien hojas. Consigue medio metro de cartulina roja vino y otro verde-aceituna, para las tapas (siempre hay que tener de más para cualquier error de confección). Los ha trocado con el del almacén por dos almuerzos (la economía primitiva aún en vigor). Dibuja unos diseños de simpáticas vaquitas.

Tendré que olvidarme de las rayas, eran importantes, eran mi primera condición, mi necesidad básica. Tendré que atenerme a una escritura torcida, desequilibrada, con altos y bajos, descontrolada. Todo no lo podré lograr, por más que ponga todo mi empeño, mis buenas energías, mi creatividad. ¿Por qué será que en cada proyecto que emprendo, grande o pequeño, no importa, siento unos hilos invisibles que lo obstaculizan? Es como si una tuviera que vivir luchando continuamente, sofocada, subiendo cuesta arriba, dando hasta el fondo de su alma para hacer realidad hasta los deseos más triviales. Será por eso que se repiten una y otra vez a través de toda esta ciudad, de todo este país; en cada valla, muro, cartel o periódico, las palabras LUCHA, GUERRA, COMBATE, HAZAÑA, HÉROE. Esas palabras me inquietan, no van con mi persona, me hacen sentir que en cualquier instante podré ser atacada y deberé defenderme. No importará de quién o qué, sólo sé que me siento desvalida de armas.

Estoy rota como las historias de Valery. Soy como sus personajes femeninos: "Yo nací en el mismo lugar donde nací para vivir, donde no viví, al que me siento transportada en espíritu por una especie de salto interior, cuando tengo oprimido el corazón y estoy triste y cansada de ser furiosa con una furia que es para mí la *furia de ser alguien*, y mordida por mi existencia misma, aunque agradable, que se convierte en dolor súbito y accidental: entonces, *ser me traspasa*".

Pensándolo mejor, tengo una marcada diferencia con ellas. Yo nací en el lugar donde nací para morir, donde me extingo. Donde vivo.

La cuota

"No me indigno porque la indignación es para los fuertes; no me resigno porque la resignación es para los nobles; no me callo porque el silencio es para los grandes. Y yo no soy fuerte, ni noble, ni grande".

—Fernando Pessoa

7

Un Plan Jaba te permite aliviar el peso de una cola enorme en la bodega, te convierte en persona priorizada en medio de la aglomeración que espera comprar los suministros del mes, de acuerdo a la libreta de abastecimiento (¿o racionamiento?). Dos Plan Jaba y uno de la calle, es la ley. Así se organiza la cola.

Ella puede tener derecho a uno, por ser jefa de núcleo y trabajadora (de algo tendría que servirle la oficina), pero no tiene idea de cómo se obtiene y con sólo pensar que conlleva trámites, firmas, cuños, cartas, aceptaciones, avales, se le caen las alas del corazón y se resigna a esperar, mientras gasta el tiempo contando las jabas necesarias, a ver si no tiene que comprarle a la viejita que interrumpe su continuo sueño para ganar un peso en cada bolsa.

Mira la caída permanente del azúcar, arroz y chícharos sobre la pesa. Mira cada grano caer y piensa automáticamente en la racionalización de cada ínfima parte de la vida en la isla. Racionalizada la entrada de agua (porque la maldita circunstancia...), el gas, la electricidad, la información, los canales de televisión, las viviendas, los autos, hasta los romances si son extranjeros. Si te acuestas con más de tres cubanos pasas inadvertida. Tal vez dirán que no tienes suerte en la vida; o, qué cabrones son los hombres, pobre mujer. Pero si te asocian a un extranjero, ahí la mala es ella, se prostituye, debe ser seguida de cerca, es jinetera. Si la relación es con un extranjero, la policía puede pararte, hacerte pasar un mal rato y pedirte que muestres el documento que te identifique como esposa oficial. Pero antes de la gente casarse pasan por el noviazgo, más corto o más largo, y siempre hay un período en el que será imposible un documento así… Te fichan, te abren un expediente. Hasta el sexo importado tiene cuota.

Oye, ¿estás en las nubes?, la libreta y la jaba. Sus pensamientos son interrumpidos por la bodeguera que le tira encima toda su vulgaridad, su sudor y su mirada enjuiciadora.

¿No piensas permutar?, porque será mucha casa para ti, digo yo, que nunca he entrado, pero por lo que se ve desde afuera… Meterse en las vidas ajenas no es parte de su trabajo, no le pagan eso, lo hace por satisfacción personal. Ella sonríe con una risa aprendida para ese tipo de momentos y niega con la cabeza y un no leve, escurridizo.

Sabe que siempre recibe menos de lo establecido, eso también es ley, para que los bodegueros sobrevivan vendiendo lo que le restan a cada consumidor. No se molesta y encuentra lo positivo de cargar unas libras menos, aunque a ella siempre le parece que esas escasas provisiones pesan un mundo y asume un rol de estibador, sobre todo en las empinadas escaleras.

Carga sobre la espalda la mochila y en las manos la jaba con diez huevos para el mes. Cuando llega al comedor de su casa tira todo sobre la mesa, con sudores y jadeos incluidos. La jaba del azúcar se ha roto. Salpica el suelo hasta que ella hace una barrera con su mano sobre el orificio e interrumpe la caída.

Busca su cuaderno, el de tapas verde y rojo vino con diseños de vacas, y entre arroz, chícharos, azúcar y sal, escribe.

La cuota

Todos piden el último con las miradas perdidas en los próximos pies que se arrastran. Esperan recibir su cuota, esa que obtienen aunque no lo deseen, aunque la rechacen en lo profundo de su ser, aunque esquiven el tumulto de los que aguardan ordenadamente enfilados. Es lo que corresponde a todo ciudadano maldecido por la circunstancia, a cambio de su inercia.

Niegas negarla. Dentro de ti se producen batallas acalladas por sonrisas de resignación. El miedo te ayuda a soportar.

Los cristales se clavan en la comisura de tus labios y pasan al otro extremo, como un lápiz labial. El sangramiento se revierte y no te tiñes de rojo. Llega tu hora en el proceso mecánico de extraerlos uno a uno, sin piedad, sin pensar por un segundo que podrías haberte desangrado.

La soga al cuello, próximo paso. Crees escuchar el sonido de máquinas, una fábrica a lo *Dancer in the dark*. Y tú, invidente como Selma, oscura como esa última pantalla, musical como Bjork. Soportas la asfixia gracias a las branquias que te han nacido y tu imaginación que te transporta al mar. Tu condición de mujer-pez vuelve a salvarte. Mujer-pez que reniega de las sirenas.

La fila es extensa. Cada uno recibe su cuota de dolor, alineados, silenciosos. Nadie analiza si es justa o no, solo obedecen.

Paso tres del proceso: se abren las manos, bien extendidas. Son aplicadas quemaduras en tres puntos que varían en cada ocasión.

Nadie analiza si es justa o no, solo obedecen.

Quiero protestar, gritar que no estoy de acuerdo, que no deseo una cuota. No quiero que me racionalicen el dolor. Quiero ser libre, incluso para sufrir.

Pero la fila es extensa. Cada uno recibe su cuota de dolor, silenciosos, alineados.

8

Cierra el cuaderno y llora, desconsoladamente. Entre sollozos se dirige al refrigerador para beber agua. Antes de abrirlo mira por enésima vez el líquido negro que chorrea y busca un paño para limpiarlo. Se desangra el refrigerador, tan viejito, héroe de tantas batallas, testigo de tantos momentos trágicos, cómplice de felicidades y secretos ilícitos. Él, que ha guardado en su interior la vida comestible de tres generaciones, lleva hoy en su vientre sólo agua. Justo lo que ella necesita.

Cuánta es la sorpresa al abrirlo y ver entre los dos pomos el sobre blanco con el ejercicio que la mantuvo despierta parte de una madrugada, preguntándose quién sería el autor del chiste, mientras repetía una y otra vez la afirmación, la orden. Casi había olvidado ese hecho, cuando reaparece para refrescarle la memoria. Ahora se pregunta si ella estará bien de su cabeza, si la locura se ha apoderado de su mente y confunde los sitios donde debe ubicarse cada cosa.

Pero no, ella no está loca, este sobre es otro y el ejercicio también. Entonces la sed se deshace en palpitaciones y el terror le recorre el cuerpo entero.

Camina toda su casa buscando alguna señal, alguien escondido, debajo de la cama, en los escaparates, dentro del tanque de agua. NADIE. Y si fuera una presencia invisible a sus ojos… Jean Luc con su sentido del humor. No, los muertos no escriben en ordenadores, no manipulan impresoras. ¿Y ella misma…? podría despertarse sonámbula y convertirse en la contraparte de ese juego-trampa.

Ninguna de las tres posibilidades. Hay acontecimientos que no tienen explicaciones. No le busque la lógica a todo lo que le suceda. A ella y a usted les aconsejaría seguir el ritmo, dejarse llevar, ser parte, sin preguntarse cómo, dónde, porqué. Perder el sentido es uno de los sentidos de vivir.

Ejercicio # 2 para la memoria.

Escriba y repita cien veces, en voz alta, la siguiente frase:

NO CUESTIONARÁS.

Atención: Recuerde la advertencia inicial. Sabemos de pequeñas faltas en el primer ejercicio. Le notificamos que la tenemos en la lista para que rectifique sus errores. ¿Quién le permitió hacer innovaciones, cambiar lo establecido? La seguimos de cerca, nada se nos escapa.

No cuestionarás. No cuestionarás. No cuestionarás. No cuestionarás. No cuestionarás. No cuestionarás. No cuestionarás. No cuestionarás. No cuestionarás. No cuestionarás. No cuestionarás. No cuestionarás. No cuestionarás. No cuestionarás. No cuestionarás. No cuestionarás. No cuestionarás. No cuestionarás. No cuestionarás. No No cuestionarás. **NO**.

9

DTI. Son las siglas que golpean contra las rejas del postigo y sus ojos. DTI, y en el estómago se le hace un nudo y le nace un corazón acelerado encima del ombligo. En menos de un segundo recorre en su memoria la trayectoria del día, el pasado más reciente, el pasado lejano. Su vida entera en busca de un delito por el cual pudieran estar acusándola, y por eso tener al DTI enfrente. Castra todo pensamiento, creyendo que pudieran tener bajo control sus ideas, sus convicciones. Mente en blanco, mente en blanco y rostro agradable.

El mulato robusto que muestra el carnet a través del postigo le pide pasar para hacer unas preguntas.

¿Y si realmente no es del DTI y ese carnet es su herramienta para entrar y cometer él un acto delictivo…? Sabe de varios asaltos que han ocurrido por la confianza en las credenciales oficiales (de salud pública o cualquier otro).

Un momento. Cierra el postigo, abre la puerta. Adelante, siéntese. Todo en un gesto automático, para el que no ha valido ni uno solo de los razonamientos recientes. Ella es educada por convicción, temerosa por naturaleza.

Qué alivio cuando la pregunta se refería a un suceso del que ni siquiera sabía que había ocurrido esa misma tarde, a la vista de su balcón.

¿No vio algo extraño, personas merodeando, la reacción del custodio al ser atacado? Nada, estaba en la oficina, ni siquiera sabía que habían asaltado CADECA… Otras siglas, ¿ya ves que resultan como una epidemia? ¿Vive usted sola? Asiente con la cabeza.

Asaltaron la casa de cambio. El custodio era un viejito sin fuerzas, de los que cobran retiro y buscan un nuevo contrato para intentar sobrevivir con las mínimas condiciones. Se llevaron todo, a plena luz del día, atrevidos asaltantes de la Calle 12, por donde no descansa el tránsito. Casa de cambio. El cambio es una palabra poco utilizada en nuestro contexto, y se usa en siglas para trocar dinero verdadero por papeles que sólo sirven para comprar necesidades básicas dentro del territorio nacional, principalmente en la moneda que no se paga en los salarios. Casa de cambio, donde los euros y los dólares valen menos que en cualquier banco del mundo, donde el valor sube o baja independientemente de cómo anden las mismas monedas a nivel internacional.

El mulato mira en derredor, le pide su nombre completo y el número de identidad. Anota y se despide. Ella cierra la puerta y corre al balcón. Es una espectadora más. La escena de policías marcando con cintas amarillas el terreno donde analizan huellas y hacen fotos los militares. La gente queriendo saber más, intentando colarse del otro lado de las cintas amarillas, creyéndose los protagonistas de un CSI caluroso, habanero.

Si fuera por ella, eliminaría de la sociedad a los policías y los militares. Rechaza los uniformes azules y también los verdes. Uno de los pocos orgullos que siente acerca de su familia es que no hay ni un militar, mucho menos un policía. ¡Qué alivio siente por pertenecer a un historial de biólogos, traductores y burócratas! Desde su observatorio ve trabajar a los de uniforme verde por largo rato y se convence de que harían falta, al menos para este tipo de hechos.

DTI. Se ríe ahora que ya pasó todo. **D**ebemos **Te**nerte **I**ntimidada, se le ocurre nombrar así a las siglas, y vuelve a reír, sentada al centro de su cama, mientras cuenta los euros que le quedan de un generoso envío, y que por lo pronto no piensa cambiar.

10

Esperen con calma y paciencia, relajaditos, que estamos recibiendo mercancía y hasta que no entre el último bulto no podemos atenderlos. Esperen ahí tranquilos, que sus paquetes no se van a ir.

Somos tres los que esperamos (cola ínfima) y cuatro las goteras que nos bombardean desde el cartón del falso techo. Si nos desplazamos hacia la derecha interrumpiríamos el paso de los que despachan mercancía. A la izquierda, un enorme mural y un buzón de quejas y sugerencias, oxidado, cortan el espacio antes de llegar al límite de la pared que nos separa del exterior. Permanecemos en el centro, intercalados entre las goteras y el falso techo a punto de caer a nuestros pies.

Los tres portamos el aviso en la mano. Yo lo leo una vez más, confirmando el horario de atención de ocho a cinco, y el reloj que marca las dos. Cada uno de nosotros espera, deseoso de llevar a casa el contenido del paquete enviado por algún pariente o amigo desde algún punto del planeta. El mío debía haber venido de Francia, España, Estados Unidos, Dinamarca o Alemania. Me ha sorprendido el origen: República Checa. No conozco a nadie allí, debe haber sido un error. Estamos acostumbrados a esperar y a los errores. Un número que no va, una dirección incorrecta… errores nuestros de cada día, ayúdanos a esperar sin exasperar el ánimo, la alegría surgida con la sorpresa del aviso enviado por la Oficina de Correos.

Pasa el primero. Un señor mayor, apariencia de persona bien educada, formalmente correcta. Entrega el aviso y el carnet. Está a punto de retirarse con sus medicinas, pero el timbre del teléfono interrumpe el trámite. La mujer que despacha retira el papel del mostrador sin la firma del hombre. Extiende la mano hacia el auricular que un día lejano fue blanco.

—Se hace lo que se puede. Le han dejado el aviso tres veces en la puerta y usted no ha venido, es más, vamos a devolver su paquete a la oficina central. A su casa no se lo podemos llevar. Tenemos sólo dos repartidores para todo el Vedado, y ni siquiera tienen bicicleta. Bastante hacen con entregar los avisos, mamita. Cerramos a las cinco, y no puedo seguir que tengo público esperando.

Cuelga el teléfono y le extiende el papel al señor que firma, guarda los medicamentos y se marcha. La próxima, y yo, la tercera, ya no la última pues acabo de dar el último.

Han entrado dos más a la escena cuando llega mi turno. Una de ellas está sentada sobre una caja de DHL, recostada sobre el cristal que me separa de los paquetes. Come *pizza*. El queso se escurre hasta el piso. Cae sobre el papel donde está impresa la información que dicta a otra, sentada frente a un ordenador antiquísimo, digno de un museo de la tecnología. ¡Cojones! Grita a plenitud, quejándose por la mancha del papel. Traga el último bocado, estruja una hoja escrita y se pasa el antebrazo por la boca. Mientras escribe, la del ordenador esparce migas de pastel en el teclado y bebe de una jarra plástica, descolorida y sucia. Entre dictado y revisión, la de la *pizza* comenta acerca de su pasada noche. Lo del mulatico de la camioneta no era peo que rompiera calzoncillo. Mucha señita y mucho aguaje pa'na. Una cerveza en moneda nacional y el muro del malecón. Parte el alma.

—Sigue quemando petróleo, que un día de estos coges candela. Lo tuyo es atrasar la raza.

—Mira quién habla, ¿tú no te ves las pasas y la piel?

—Por eso mismo te digo. Pero, ¿de qué color es mi marido? Yo sí adelanté, ojos claros y todo.

—¿Ojos verdes? Lo más seguro es que tenga de negro, el otro día hablaron de eso en la televisión.

—Como si todo lo que dijeran en la televisión fuera verdad.

—Y esta Revolución cree que eliminó el racismo de un plumazo, ¡lo que les falta por luchar!… Dale, copia: España 366.

Firme aquí. Una uña como garfio o gavilán me indica en su rojo fuego la línea donde estampo mis iniciales. Treinta con veinticinco, mira a ver si tienes los veinticinco quilos, no tengo cambio.

La mano de terminaciones afiladas se extiende ante mí y toma los treinta y cinco pesos de un paquete que se paga dos veces: en el país de origen y en Cuba. Yo agarro el regalo y me dirijo a casa, curiosa por conocer el remitente y el contenido.

11

Ropa interior, dos vestidos, una libreta de teléfonos, una vaquita tomando cerveza, una bolsita de terciopelo con varios aretes y un collar de piedrecitas. En el fondo de todo, una postal con varios lugares significativos del país que años atrás también defendió el totalitarismo comunista.

"No pudimos despedirnos, pero no te olvido. Cada una de estas cosas me recordó tu estilo. Puedo ser uno de los personajes de tu "Vestidas para cazar". Hace seis meses llegué y hasta el momento el desarraigo me sabe muy bien. Te encantaría Praga. Te mando la bolsa y la vida, y la esperanza de que "La verdad y el amor vencerán a la mentira y al odio" Este es mi email: acheca@gmail.com *Cuídate. Un abrazo fuerte. Revolucionariamente, Ana Lía".*

La emoción la hizo reír con llanto. Las asociaciones y referencias de Lía mantuvieron por un rato su espíritu y su mente en acción, feliz. Hacía un par de años que no veía a su amiga de la secundaria. Ana Lía se había mudado de provincia, en contra de la corriente, pues lo general es que la gente emigre hacia la capital y no hacia el interior. *Para campo, La Habana y para capital, París.* Ana no fue nunca común. No es raro que ahora viva en Bohemia. Heredó en Matanzas una casa de su abuelo y en lugar de enloquecerse en trámites para permutarla se fue a habitar esa hermosa mansión a orillas del mar y empezó un negocio de alquiler de habitaciones para extranjeros.

Ana Lía es una de esas amigas que puede perderse años enteros y reaparece con la misma sonrisa, los abrazos, un centenar de cuentos y el amor intacto de los que se burlan del tiempo y el roce, porque saben que han construido algo mucho más fuerte e imperecedero. En los últimos años hablaron por teléfono en cumpleaños y Noches Buenas, pero una imagen reciente de Ana no tenía. Quiso verla. Quiso al menos escribirle un correo electrónico, pero para eso debía esperar al lunes, a la oficina. Era viernes.

Sentada en la cama, rodeada de todos los regalos, acariciando la bolsa de terciopelo, con el collar de piedras rodeándole el cuello, piensa en la significación del paquete como elemento de la cultura nacional contemporánea. La influencia de los paquetes en la vida del cubano actual, la importancia social de los paquetes no perdidos en las oficinas de correos. Un paquete puede ayudarte a respirar, te saca de apuros, resuelve problemas elementales, básicos, que en cualquier sitio no causarían la menor preocupación. Un paquete es sorpresa, olor a nuevo, una mano querida que se extiende para colaborar.

La colaboración es una de las características por las que quiere distinguirse este país. El internacionalismo que ha dejado conclusas o incompletas varias familias. Médicos, maestros, ingenieros y técnicos colaboran en otros países, para colaborar con ellos mismos, con sus familias. Intentan con sus colaboraciones, o misiones, normalizar sus vidas, adquirir algunos medios que permiten sentir dignidad, seguridad, saberse personas.

Las colaboraciones y misiones, motivos para fragmentar familias. Los colaboradores parten solos, solas. Abandonan a sus seres queridos en nombre del progreso familiar. Las esposas y los hijos tienen prohibido el acompañamiento. La familia es la garantía del Estado, la que supone el regreso seguro del colaborador. Equivocaciones múltiples del Estado. El concepto de familia no está demasiado arraigado en los habitantes de la isla, al menos se ha carcomido a través de todos estos años. Pero siempre hay un gran número que vuelve, cargado con las cosas que nunca hubieran podido obtener con sus salarios de veinte años.

Paquete y colaboración, palabras amargas que me recuerdan la miseria de esta isla, la incapacidad de sustento, la imposibilidad de proyectar mi vida sobre la base de una planificación económica personal.

Paquete y colaboración, palabras pulmonares que alegran los días en que se presentan.

12

"El ojo que ves, no es ojo porque tú lo veas.
Es ojo porque te ve".
—Antonio Machado

Este despuntar de madrugada es particularmente silencioso. No se escuchan las risas desbordantes de los muchachos habituales en la esquina, ningún pleito, ningún auto acatarrado. El silencio es tan profundo que le atemoriza ser apuñalada mientras perdura la ausencia de sonidos. Temor estúpido, pero tan real como cualquier miedo. No puede aguantar los deseos de orinar, aprieta las piernas, pero no quedará otro remedio que salir de la habitación y satisfacer su necesidad fisiológica.

La casa le grita a los ojos el esplendor de toda su negrura. Deja la puerta del baño abierta, para que en el pasillo no la sorprenda ninguna sombra, para estar al tanto de las presencias fantasmales que intentan burlarla.

Orinar le produce placer. Sobre todo cuando tiene demasiadas ganas y las aguanta para luego soltarlas de un solo golpe. Terminar de orinar y quedarse ahí sentada, divagando, es otro de sus placeres.

Cree ver una sombra en el pasillo. Mira atentamente, no olvides estar alerta, parece anunciarse una jornada de cazar fantasmas. Eso, ahora ríete a carcajadas, la imagen que ves parece una obra de arte conceptual y hoy te dejarán quieta los espíritus, tienes algo para ocupar tu mente. Estás presenciando una exposición para ti sola. Un *performance* para que reflexiones mientras todo está a oscuras. En la pared del pasillo el cuadro de Fidel Castro sonríe en medio de la ebriedad con gesto afeminado. Una imagen atípica, un gesto poco común en él, inmortalizado por el poder de la fotografía. Allí lo ha puesto para decirle todo lo que piensa. Entre otras cosas, que está agotada porque todo en el reino de este mundo es sólo imagen, como esa foto, que está harta de la inmovilidad.

En una de las esquinas del cuadro, en el borde superior izquierdo, se refleja un rectángulo de luz que sirve de marco a la silueta que se proyecta de su vecino. Es él, que se ha colado por la ventana abierta de su baño. Una sombra, detrás del Comandante, siguiéndolo, en un plano secundario.

Mi ventana frente a una de sus ventanas. Una dentro de la otra, como en un cuadro de Maggrite. Mi ventana de madera pintada de verde y cristales de florecitas talladas se para enfrente de su reflejo antítesis: la ventana descolorida, corroída y rota del baño de mi vecino. Nos distancia un vacío de menos de dos metros.

Él está muy cerca y habla sin parar, no escucho lo que habla porque susurra. Sólo observo sus grandilocuentes gestos. Las manos de arriba a abajo, los espejuelos que se mueven al ritmo de su conversación. Mi vecino discursa con palabras que no escucho detrás del orador nuestro, silenciado en la cuadratura de su fotografía.

A través de esta misma ventana su padre me espiaba. Yo sentía sus ojos viejos sobre mi cuello y me acercaba despacio hasta el borde de la ventana, para mostrarle mis ojos que lo veían. El ejemplar cederista, el intocable, el más comunista del mundo, el más correcto, el ciudadano intachable, miraba a la ventana de mi baño como un adolescente temeroso. Él, con sus discursos de utopías en las que no creyó, erigió una vida burguesa y en los días finales se buscó la oportunidad tonta de espiar una piel joven. Yo lo dejaba, le permitía el espectáculo por un rato y cuando la escena se iba a poner mejor le cerraba la ventana en sus narices.

No era maldad, sólo límite y respeto. La gente no se respeta entre sí, quieren meterse tanto en las vidas ajenas que pretenden robarte tu intimidad. Yo por lo general les doy la ilusión de un poquito, una migaja, a veces todo lo que tengo y aun así quieren más. Sí, tenía razón Carlos Lobería en *Los inmorales*: "*¡La gente! Nadie quiere ser la gente ni darse por aludido cuando se generaliza diciendo la gente, pero todos somos lo mismo. Nos preocupa la vida ajena, la opinión ajena, todo lo ajeno*".

Y en esas opiniones de los otros el criticado siempre ocupa una condición de los más que significan menos. Quien critica determina ser superior de alguna manera y del otro lado la gente siempre será más gorda, más fea, más bruta, más atrasada, más pobre. Tome un día de su vida y escuche atentamente los comentarios de la gente. Gran parte del tiempo lo ocupan en hablar de los demás sin el sentido provechoso de mejorar, de hacer algo en beneficio del otro. Luego tome un día de su vida para hablar sólo de lo útil y necesario, no juzgue, no hable mal a espaldas de los criticados. ¿Lo hará? ¿Me lo promete? ¿...Se considera usted capaz? Yo también continuaré intentándolo, se lo prometo.

Con mis vecinos tengo una relación a través de la ventana del baño, el sitio que considero más íntimamente público de una casa. En un baño puedes saber de las manías personales, las marcas físicas, el modo de vida, incluso, la economía (los muebles sanitarios, los frascos, el papel higiénico son los delatores). Sería por eso que el viejo no miraba a través de otra ventana, sólo la del baño. O tal vez no quería que alguien más supiera de su aventura visual. Como en el baño uno se encierra y nada de lo que sucede detrás de esa puerta cerrada es cuestionable… ¿Ni su esposa ni su nuera se preguntarían por qué iba tanto al baño, por qué tanto tiempo allí dentro? No podía ser tan casual que cada vez que yo iba al mío, al menos unos segundos, allí estaba él, listo a entrenar sus ojos apagados y ansiosos.

El viejo ya murió. Ni extraño sus ojos marchitos, ni siento que el mundo se libró de un despreciable más. No siento nada. Ahora sólo veo la imagen de su hijo. Desdichado. Irá detrás de su padre de la misma manera que lo veo proyectado en mi pared, como una sombra.

A través de esa misma ventana vi volar platos e insultos. Fue una tarde calurosa hasta la asfixia y yo me duchaba expuesta a la vista ajena, con la ventana abierta. A mi parecer las posibilidades sin obstáculo son generalmente despreciadas. O tal vez las libertades pasan inadvertidas, justo en los momentos en que nos atrapan las redes de miseria humana.

Esa tarde mis vecinos discutían, se lanzaban ráfagas de pasados lamentables y rencores que en su tiempo fueron falsas sonrisas. Yo escuchaba atenta. La espuma se secaba sobre mi cuerpo. El agua sólo salpicaba mis hombros y mi columna vertebral. Sentía las gotas deslizarse, sinuosas, sensuales, mientras a unos metros de mi vista se hacía la guerra del desamor.

A las mujeres de la casa de al lado nunca las he sentido en el baño. Como si esa ventana estuviera hecha sólo para presencias masculinas. Sin embargo, en mi cocina se mezclan los olores de mi sazón con las constantes lamentaciones de la vieja. Yo a veces pienso que los humos de mis cacerolas se escapan para entrar a su cocina y acariciar sus cabellos blancos, para brindarle un poco de la delicadeza que le falta. La otra me produce repulsión. Preferiría no escuchar su voz chillona y esas palabras que por más que las disfrace llevan siempre el resentimiento y la frustración.

Cuando siento que se hacen demasiado presentes en mi casa cierro mis ventanas y me sumerjo en los humos, los olores que me complacen, y el sonido del agua sobre los cacharros en el fregadero.

Ellas también me han cerrado su ventana. Siempre con furia, con agresividad. Yo no aspiro nunca a devolverles esas bofetadas sin sentido. Mis ventanas continuarán cerrándose con la misma sutileza de una caricia.

El vecino joven también es recurrente en el baño, como su padre, pero no para mirarme. Él ha aprendido como su madre y su esposa a tirar la ventana con furia. Yo lo entiendo, retorcido en las entrañas de su enfermedad no querrá convertirse en mi espectáculo dramático. De todas formas, con su ventana y mi ventana cerrada yo siento cómo se le quiere salir la vida entre la tos y el vómito. Cada vez que lo siento sufrir, recuerdo que algún día fui católica y le pido a Dios con oraciones aprendidas, que no lo fustigue. Pero, como dice Yehuda Amichai: *"… si lleno no estuviera Dios todo de piedad, habría piedad en el mundo y no sólo en Él"*.

Lo miro ahora, en las sombras sobre mi pared, su espectáculo inconsciente, producido para mí, su público atento y reflexivo. Le digo que sí a las advertencias que me hace con el índice en alto. Me río del protagonismo que tiene su sombra respecto a la foto del

hombre que ha considerado su líder, el guía de sus ideales. Mi vecino es una silueta efímera, pero se mueve
agitado, como si se le fuera a terminar el tiempo. El
Comandante está inerte, en un gesto desenfadadamente
cínico. Sabe que allí quedará por siempre, nos sobrevi-
virá a él y a mí, refugiado en su foto.

Observo a mi vecino, su delgadez extrema. Pienso
en él como ser humano, con su nombre, su mujer y sus
hijas, el trabajador ejemplar, el comentado delator, el
desconocido que hace su vida a unos metros de mi vida.
Fabulo en torno a su existencia y su imagen se va desvaneciendo. Unas lágrimas me sorprenden. Me quedo
sin la compañía de su silueta. Ha apagado su luz.

13

Ha permanecido sentada en el inodoro a gusto,
como cuando era niña y le costaba despertar para la escuela. Está adormecida, se convence de que es tiempo
de volver a la cama. Busca con torpeza y rutina el papel
higiénico. No está, se terminó. Tampoco tiene para re-
poner, no hay en las tiendas, y eso que esta necesidad,
convertida en lujo, se compra en la moneda que no gana
con su puesto de oficina.

Poner por un instante las neuronas en lo cotidiano
la hace volver a tocar el lugar donde debía estar el rollo
de papel. Esta vez baja la mano y confirma que otro
tipo de papel ocupa el puesto.

El juego se está convirtiendo en pesadilla. Ya no le da gracia. Una cosa bien distinta fue recibir un sobre por debajo de la puerta, lo cual denotaba distancia, límite. Algo distinto, perturbador, es que le den órdenes dentro de su casa. Y que además los mandatos vengan de alguien que no da la cara, alguien que ni siquiera se impone con su voz. No quiere dejarse llevar, no quiere confiar en lo ilógico, no quiere perder el sentido.

Ha vuelto a sentir miedo, pero en lugar de destruir el sobre sin conocer el contenido, acabar de una vez, no sentir curiosidad, hacerlo trizas y descargarlo, darle el mismo destino que la orina, aprovecha la escasa luz que ha vuelto a entrar por la ventana entreabierta del baño.

Ejercicio # 3 para la memoria.

Escriba y repita cien veces, en voz alta, la siguiente frase:

NO SOÑARÁS.

Atención: Estos ejercicios no incluyen dar su sello personal, así que limítese a lo que le orientamos, no escriba de más, ni menos, sólo lo que se le oriente.

No soñarás. No soñarás. No soñarás. No soñarás. No soñarás. No soñarás. No soñarás.   No soñarás. No soñarás. No soñarás. No soñarás. No soñarás. No soñarás. No soñarás. No soñarás. No soñarás. No soñarás. No soñarás. No soñarás. No soñarás.   No soñarás. No soñarás. No soñarás. No soñarás. No soñarás. No soñarás. No soñarás. No soñarás. No soñarás. No soñarás.   No soñarás. No soñarás. No soñarás. No soñarás. No soñarás. No soñarás. No soñarás.   No soñarás. No soñarás. No soñarás. No soñarás. No soñarás. No soñarás. No soñarás. No soñarás. No soñarás.

No   soñarás. No soñarás.   No soñarás.
No soñarás. No soñarás. No soñarás. No soñarás. No
soñarás. No soñarás.   No soñarás. No
soñarás. No soñarás. No soñarás.   No soñarás. No
soñarás. **SOÑARÁS.**

14

Pasó el resto de la madrugada saltando de un sueño a otro. Unas veces la perseguían unos hombres sin cara y extensos brazos verde aceitunado; otras, era ella persiguiendo unos relatos con un bolígrafo que crecía cada vez que respiraba tinta. En ninguna de las dos persecuciones se llegaba a alcanzar al objetivo. En otro sueño caía interminablemente por un abismo, para luego planear entre las nubes, de vuelo en vuelo hasta llegar ante un Dios que la miraba en picado y sonreía, le apuntaba el pecho con un bastón-aguja, lastimaba su esternón, plantaba un pie en su abdomen, le revolvía las entrañas con fuerza hasta hacerla vomitar.

Así recibió esa mañana de inicio de semana, con la boca ácida y el cuerpo pegajoso del vómito entre las sábanas. Se tomó el día, ni siquiera llamó a la oficina para avisar. Desconectó el teléfono. Metió las sábanas en agua, se duchó, preparó un *green tea*, *Bigelow*, cien por ciento *organic* —regalo de su amiga de Miami— horas más tarde un *digestive*, Pompadour, *since* 1913, *armonía para tu cuerpo y tu mente*, que viajó desde un correo en Manresa arropado por las copas de un sujetador.

Gastó con su cuaderno todas las horas que la separaban del martes.

15

URJENTE BER AL INSPERTOR. Escrito a lápiz, en un papelito estrujado, de bordes irregulares. Ella mira mil veces aquellas cuatro palabras para las que no se hizo la ortografía. Lo pone en la puerta del refrigerador para reírse de las burradas del "país más culto del mundo"; el de la gran campaña de alfabetización, la educación gratuita, la universidad para todos en la televisión.

¿Un inspector de qué...? Los vecinos la amenazaron con traer un inspector de vivienda por estar haciendo reparaciones en su casa. Que explicara de dónde sacó el cemento y la arena, que pagara una multa por botar escombros de construcción en el basurero del edificio.

Si quisieron amedrentarla no lo lograrán. Un papelito tan feo y mal escrito no podrá atemorizarla. Nadie será capaz de impedirle hacer de su casa un sitio agradable, un lugar ajeno a las ruinas que plagan la ciudad. Ha decidido con toda firmeza transformar su desvencijado palacio, poco a poco, porque no se puede dar el lujo de una gran inversión.

Se dirige a las dos habitaciones recién reparadas. Las disfruta, las recorre. Piensa en lo importante que es el orden y la belleza. Este país se ha convertido en vertedero de lo feo y lo caótico. La organización, la limpieza, lo armónico, y hasta lo nuevo, incomodan a la gente más común, le crean el malestar de lo inaceptable. Todo tiene que quedarse como está, no se aceptan cambios hacia el bienestar y "bientener". Los cambios sólo pueden pasar inadvertidos cuando llevan a sus espaldas la destrucción, el hundimiento, la fealdad. A tal punto ha llegado este sentido que cuando algo luce bien se comenta que no parece cubano, que no es de Cuba, y un comentario como ese a ella le da vergüenza.

Parada en la puerta de una de las habitaciones recién reparadas recorre con la mirada el resto de la casa. Comienza a visualizarlo todo arreglado, pintado en colores alegres, decorado con otros detalles de invención particular. ¿Quién va a inspeccionar sus sueños? ¿Quién va a multarla por poseer una imaginación admirable y ver jardines donde existen pantanos? ¿Quién va a exigirle el cumplimiento de leyes ridículas, cuando en su mente sólo puede dominar ella?

El inspector, figura pública para controlar todos los pasos dentro de marcados linderos del desarrollo social. Inspectores de la vivienda, de inmigración, del transporte, de la ONAT, de comunales, del banco (para que la gente pague los equipos eléctricos que el Gobierno los indujo a comprar), inspectores agropecuarios (que nunca colaboran para que haya más de comer), inspectores de vectores (que no logran eliminar larvas y mosquitos).

BER AL INSPERTOR. Así, sin nombre, ni ubicación, ni cita previa, ni ortografía. Los inspectores se han convertido en una epidemia, como los policías; una plaga que hurga en los bolsillos de la gente, arrasando con lo poco que queda.

16

«¡Me pongo la toga, se la pongo a él y pa' la calle!», vociferaba y con cada palabra se estremecía la carne flácida de la papada. Levantaba los brazos y toda la grasa debajo de aquella piel manchada, sudorosa y en alto se exhibía como pernil en feria carnicera.

«Fíjate, soy abogada, y mi marido también y mi mamá». ¡Uy!, qué familia más leguleya, me digo riendo para mis adentros, y me digo que sólo podrán ser abogados del diablo; y su bufete, la casa de las discordias. Parece que con los ojos se lo expreso, pues arremete a un nuevo ataque: «Te voy a acusar, a ti y a todos los de este edificio. Y la reja la ponemos, primero porque nos da la gana, porque tenemos dinero pa' eso y mucho más y porque necesitamos estar protegidos, cuidar nuestras prebendas». Esto último, lo de las prebendas, lo ha acotado el marido, otro gordo con cara de quien comenzó su historia de fracasos en el círculo infantil. Ahora, con sus manitos regordetas repletas de anillos coronados con piedras de todos los colores y esos ojos miserables, se acerca a la reja, se sitúa al lado de su mujer. La madre de ella queda en segundo plano, mirándome con gesto desafiante. Él suelta de golpe un discurso en el que entreteje palabras rimbombantes, dignas de un profesional de las leyes, palabras para confundir a cualquiera.

Son palabras que hilvanan al azar, en un discurso carente de coherencia. ¿Cómo han podido dormir con el cuento a tantos otros pertenecientes a este mismo pueblo alfabetizado? Decido no escuchar más. Oír un poco de tonterías puede resultar divertido; pero cuando es demasiada, me turba.

Sin decir una palabra giro a la izquierda, con el residuo inconsciente de quien ha pasado clases de preparación militar en el preuniversitario (PMI, ¡las siglas!). Abro la puerta y mientras subo los escalones hasta mi casa voy escuchando vituperios contra mí: «Mal educada, vulgar, inculta, cínica, degenerada, HIJAEPUTA…», es lo último que logro escuchar, dicho con el alma, eso sí. Es la palabra final, la que pudo haber sido dicha con cansancio, pero es la que sale con sentimiento, desde las entrañas.

Se mudaron a este edificio una noche a la hora de la telenovela. Ese fue el único día que no fueron escandalosos. Esa noche dejaron el bullicio atrás, a un par de cuadras, en el edificio donde vivieron por más de diez años. Sus antiguos vecinos celebraron hasta bien entrada la madrugada. Nadie en aquella calle se molestó por el volumen de la música. Todos sentían el alivio de esa pesada trinidad, a la que nadie llamó nunca por sus nombres propios. En aquella calle y en esta son "los gordos", un colectivo sin individualidad, instalado ahora en los bajos de mi balcón.

A los dos días de haberse mudado tocó el gordo a mi puerta con una cartilla y un bolígrafo dispuesto a escribir. «¿Qué opina usted de la Mesa Redonda Informativa?». Fue su presentación, su primer saludo. Yo lo miré sorprendida, carente de palabras, imposibilitada de hablar. Lo miraba a los ojos y él bajaba la vista, volvía a mirarme buscando una respuesta y finalmente, debajo de mi número de apartamento y mi nombre, con apellidos y todo, escribió: *"Amena e instructiva"*.

No cruzamos palabras. Bajó las escaleras y yo cerré la puerta con una extraña sensación. Sin dar un paso, inmóvil, escuché sonar sin pausa el timbre de mi vecina de los bajos. Yo sabía que allí su pregunta no tendría ni siquiera una mirada de respuesta. No hay nadie, se fueron del país, vuelven sólo una vez al año para no perder el derecho a continuar siendo los propietarios de esa casa. Así son las leyes. Para mantener tu propiedad debes volver a los diez meses y veintinueve días. Si llegas después de los once meses, tu casa ya no te pertenece, has sido dado de baja. Inmigración te ha puesto en su lista negra y lo has perdido todo, menos la obligación de entrar a este país sólo con el pasaporte cubano. Porque aunque obtengas otra nacionalidad con un pasaporte válido para el mundo, y mucho menos costoso para tu bolsillo, los cubanos pueden entrar a Cuba sólo con su pasaporte azul, incluso los cubanos que se fueron de niños y vienen de adultos de visita por pocos días.

El timbre de la vecina de los bajos sonaba, pulsado por esa mano regordeta que escribía sobre la Mesa Redonda criterios mudos para rendir informes, mientras yo reflexionaba sobre los pasaportes y sacaba cuentas para determinar si podía tramitar uno, pues aunque no tenía viaje en la mira, uno nunca sabe y es mejor tener las cosas a mano, al menos guardadas en una gaveta para cuando hagan falta.

Con el pasar de los días, los gordos se hicieron famosos por los anuncios de sus manjares a gritos que rasgarían cualquier garganta. De las langostas, las pechugas de pollo, los chorizos, la carne de res. Todo lo prohibitivo e inalcanzable. En un país como este, una pechuga de pollo puede hacer la diferencia entre la miseria y el bienestar de un rico. Gritaban todo el dinero que les sobraba, la envidia que les tenía la gente, los proyectos que harían de esa nueva casa un palacio.

Pusieron una reja para delimitar su territorio particular y hacer sólo suyo el jardín que en realidad era un espacio colectivo. Una reja para estar acordes con los códigos del tiempo que compartimos. La Habana de hoy se convierte en una cárcel a voluntad. La herrería del siglo XIX… ¡Cuánto te admiro y cuánto debo aborrecerte! Rejas floreadas, rejas con rombos, rejas de cabillas sin decoración, rejas protegiendo rejas, rejas como criterio de valor de una vivienda.

Los vecinos firmaron una carta en desacuerdo con el proyecto de los gordos, el jardín debía continuar siendo de nadie y no tener sembrada ni una flor. La propiedad colectiva estaba en peligro y la gente se sentía afectada. Los gordos querían adueñarse, delimitar, quitarnos el pedazo de todos, que hasta ese momento nadie se cuestionó, ni proyectó hacerlo un sitio hermoso. Yo me sumé a la firma sin preguntarme si creía en esa carta, si me importaba el jardín colectivo. Firmé de manera mecánica, automática. Todos contra uno.

Desfiles de arquitectos e inspectores. Unos que sí otros que no. Todos metiendo en sus bolsillos la voluntad de los gordos. Con la imagen de la ciudad no come ni se calza una familia. La existencia de un jardín inútil no hace mayor el salario de los inspectores y arquitectos.

Los gordos se sintieron reyes e inquisidores y emprendieron el camino de acusaciones y juicios contra todos y cada uno de los vecinos. Tanto gusto les tomaron a los tribunales que a cada paso encontraban una nueva razón, aunque fuera ilógica y llegara a causar risa. En mi caso me acusarían de homicidio premeditado si de mi pared exterior, abofada en sus ochenta años, les caía algún trocito a su patio. ¡Cuánto hacen volar su imaginación! Vociferan que tengo un negocio de orgías y también de alquiler ilegal a extranjeros. Acosan a todo el que toca a mi timbre. Me amenazan con sus influencias en la policía.

Entre amenazas, gritos, disputas y maldiciones crece el nuevo jardín, cercado, enrejado, con enanitos, cisnes y sapos de yeso pintado. Crece una mata de vencedor y nacen brujitas en verano. En el nuevo jardín crece un bebé que nunca anunció su llegada, al menos nadie se percató. Aquel vientre amorfo nunca trasmitió la poesía de la maternidad. Su embarazo no fue un acontecimiento público, notable. En el nuevo jardín se erige en diciembre un Papá Noel inflable, iluminado, que hace reverencias hacia delante y hacia atrás al ritmo de un conocido villancico.

Los gordos vivían su historia de amor. Los recuerdo cada anochecer en la reja, despidiéndose. Ella con el bebé en brazos. Se dicen adiós con un beso fugaz, en la boca. Ella lo mira con devoción. Él corre hacia la esquina, donde lo espera el autobús que lo lleva a cumplir su oficio de custodio en un hotel cinco estrellas. Cada vez que los veía así olvidaba sus gritos, sus acusaciones. Me producían esperanza y la imagen hacía volar mi fantasía: los veía en blanco y negro, en una comedia de cine mudo, moviéndose de forma graciosa.

Pienso en ellos y rememoro dos frases de Eladio Secades en su libro de estampas, escrito en los años cincuenta, lo cual me lleva a pensar también en las ideas válidas a través del tiempo:

"Pobres nuevos ricos que tienen una casa con piscina y una biblioteca, y no saben leer ni saben nadar".

"Vivimos una época en que la obesidad ajena constituye una preocupación casi nacional. Hay amigos que nos saludan mirándonos a la barriga".

Cuando María sufrió su accidente y hubo que nombrar alguien nuevo para presidir el CDR, el gordo se autonominó. Se paró enfrente de todos e hizo un elogio de su trayectoria ideológica, expuso las razones que lo convertirían en un presidente ideal. Como parte de su campaña prometió reparar el edificio, ya que la fachada de ellos, nueva y pintada, parecía una mancha en medio de tanta destrucción.

Como única respuesta tuvo miradas cómplices entre la gente. A nadie le interesaba el cargo; pero cualquiera podría ser, menos el gordo. El cargo es pura formalidad, algo que se debe tener para seguir tocando las maracas al son de la orquesta con la que todos debemos bailar. Cualquiera puede ser, menos el gordo. Alguien como él resultaría un peligro. Nos obligaría a firmar libros de guardias nocturnas, convocaría reuniones semanales, organizaría encuestas y trabajos "*voluntatorios*". Nadie comenta, no se escuchan palabras, en las miradas está todo dicho. Gregorio alza la mano, pide hablar. «Pesetica, compañeros. Cumplidor, participa en todos los trabajos voluntarios, viene a todas las reuniones, vive en el barrio desde que nació».

Pesetica es un hombre gris, sin opinión, sólo cumple, obedece, se rige. Ahí está aguardando la decisión de los otros, sin poner reparos. Con cara feliz por ser tomado en cuenta. Pesetica ha perdido su nombre. No existe en las memorias de sus vecinos como Manuel Hernández. «¿Quiénes votan por Pesetica...? Por unanimidad, es él nuestro nuevo presidente».

Intempestivamente salen los tres gordos. La vieja, madre de ella, empuja el coche del bebé. Ocupan entre los tres toda la acera en su anchura. «Envidia, lo que nos tienen es envidia», gritan mientras se alejan. «Envidiosos, ese edificio viejo se les va a caer encima».

17

Los gordos se fueron y nos dejaron como herencia unos vecinos silenciosos, justo lo que pedí con tanta devoción. No conozco de ellos ni sus voces ni sus nombres, sólo sé que es una familia numerosa y de fenotipo variado; lo mismo hay negro, mulato, chino que una hermosa niña rubia de ojos color cielo.

De todas formas, para romper el silencio quedaron los demás, con sus pleitos, sus insultos, sus intromisiones desde cada balcón.

Pedir con fe hace milagros. Si los gordos se fueron después de tanta oración al Padre Nuestro, rezaré todas las noches y al amanecer, mi propia oración. A ver si me hago adaptable, a ver si por fin encajo en este rompecabezas inconcluso y sin forma definible.

Rezo para una Revolución Interna

Porque tus respuestas a los cambios de contexto
han sido cartas sin dirección
Pido ahora que sea yo la transformada
Elimina de mí esta marcada diferencia que me oprime
Conviérteme en parte de la amorfa masa pestilente
Permíteme hablar con un lenguaje obsceno
y sonreír a carcajadas.
Borra de mi memoria todo sueño sublime,
cualquier acto creativo
Dame una mente *in albis*
donde sólo quepan las palabras
de un discurso mundano
Permíteme la violencia del trato,
el disgusto de mi vida
el miedo,
la intranquilidad de mi alma
y el placer de dañar a los demás.
Luego dame el poder de aparentar que soy noble,
bondadosa y comprensiva
Para que mi máscara no se diferencie del resto.
Te pido por una Revolución Interna
a favor de mi vida.
Una Revolución desde mis entrañas

Que me quede yo sin mí
Pero viviendo en paz.

18

Los gritos de una mujer descuartizan ese amanecer de domingo. El sol se esconde avergonzado de su luz y el cielo ensombrecido cubre a la ciudad en su mantilla gris plomo. No llueve, no llovizna. Sólo se escuchan los gritos de angustia en la calle vacía, donde parece que el tiempo no transcurre.

Los balcones van poblándose poco a poco. De la calle va surgiendo un hervidero alrededor de la patrulla, coronada en azul, desplegando luz en derredor, como faro en medio de la tempestad.

La ambulancia llega cuando el día ya se ha desperezado. Estamos acostumbrados a que la policía anteceda a los primeros auxilios. Las ambulancias, si logran llegar, se tardan. Parece que los presupuestos priorizan a las patrullas y los policías, no las emergencias médicas.

Unos cuantos bostezos quejumbrosos, estirones con fuerzas policiales a la vista del balcón, desayuno de sangre y horror.

La loca del barrio, la de risa continua y desdentada; la de mirada triste y enrojecida. La mandadera eficiente, la mejor limpiando escaleras. Tres hijos que mantener, sola, a pulmón. Un hermano alcohólico, sólo dos habitaciones para cinco. No se habla de otro asunto en la panadería.

A las cinco de la madrugada el tipo había hecho su entrada, transpirando ron de bodega. Los tropezones con los muebles despertaron a la hermana y los niños. La loca del barrio intentó ayudarlo a llegar a la cama, y él la empujó contra la pared. Intentó besarla, subirle la bata de flores descoloridas y transparente vejez. Los niños mirando desde una esquina de la sala.

El niño de once años se dirige a la cocina. Va directo al rincón, al lado del vertedero. En la sala los gritos de los hermanos hinchan su cabeza, lo llevan al borde del estallido, le producen fuertes latidos a su corazón, su cuerpo entero.

El niño de once años camina con pasos de hombre curtido. No llora como sus hermanos. No suplica, no pide. Bastó un único movimiento del brazo, firme, soberbio. Un machetazo sin piedad, rotundo.

El machete al suelo. La mirada perdida. La vecina que logra entrar y llevarse a los niños. La loca del barrio que no puede articular palabras, con las manos sobre las sienes y la mirada fija en el hermano, con la respiración entrecortada y el cuerpo rígido. Quieren sacarla de allí y nadie puede. Parece una estatua de cera.

En la casa de al lado los niños pequeños lloran a gritos entre los brazos de las vecinas que intentan consolarlos. El de once años está solo, mirando por el balcón. Se ha desentendido de cualquier abrazo. Bebe un vaso de agua lentamente y permanece en silencio largo rato. Poco antes de llegar la policía pronunció las primeras palabras: «¿Y Paquito?, ¿Dónde está Paquito?, ¿No ha llegado?, ¿Qué pasa en la casa que estamos aquí?», preguntaba una y otra vez, como si el crimen que acababa de protagonizar nunca hubiera prendido en su memoria.

19

Buenos precios, y son muy jóvenes, lindas, hasta ingenuas. Imagínate, que son del campo. Para ti no, yo respeto que estás casado y tu mujer con esa cara de angelito, y tan educada, estudiando en la universidad, treinta años menor, no pedirás más, es toda una joyita… aunque si un día se te ocurre… por ser a ti puedo darte rebaja o hasta podemos llegar a un acuerdo si me consigues la crema para la circulación que trajiste la última vez. Por cierto, ¿cuándo viajarás de nuevo? Porque ya te irá haciendo falta… nuevos aires, un dinerito para vivir, ver a tu papá, ya debe estar viejito, ¿cuántos años…?

Antes de su cumpleaños setenta María no paraba de hablar, lo sabía todo en el barrio. No acabo de aceptar esta nueva imagen que me llega de ella del otro lado de la acera. Se ha convertido en una calamidad después de ese fatídico golpe. Paso delante de su verja y allí está, sentada en su sillón de mimbre con mantas coloridas, recuerdo del mexicano que tuvo alquilado ilegalmente en el cuarto de atrás. Era tan fuerte, saludable. Se pavoneaba por toda la Calle 12, cumpliendo sus multifacéticas funciones. Te convencía de lo que fuera, si hubiera estudiado podría muy bien haber hecho un doctorado en *Marketing*. Era una experta en negocios. Vendía queso, carne de res, yogur, flores, ropa italiana, mujeres. Era la presidenta de nuestro CDR.

Después de unos minutos frente a su verja ella ha reparado en mi presencia. Su hijo riega las plantas y la mira a cada momento, como quien vigila los pasos de un bebé. Entra, hijita. Ella me invita a pasar y el hijo me abre la verja, contento porque su madre me ha reconocido. Me deja a solas con María en el portal y continúa regando las plantas, su labor habitual, su profesión. Pesetica el jardinero, que confecciona preciosos ramos de bodas y coronas fúnebres.

María ha adelgazado hasta la mitad de su peso habitual. Las arrugas le desdibujan el rostro. Sus manos están temblorosas y su nueva sonrisa es un oscuro abismo. Me da un beso y me toma de la mano, con precisión.

«Dios no existe. La vida nos la dio Fidel y la Revolución. Él es grande, tienes que creer en él». Me dice esta afirmación con calma, despacio, moviendo al ritmo de su voz la mano mía que tiene apretada entre sus manos.

Me paralizo. Atino a sentarme en el sillón de enfrente y mirar en derredor. María tiene una casa muy grande, repleta de adornos. Cuando se la entregaron a mediados de los años sesenta estaba muy deteriorada. Ella prometió levantar de las ruinas aquel palacete de sus sueños. Era una mujer reivindicada del oficio más viejo del mundo, viviendo su sueño burgués.

«¿Quién nos dio la vida?... dime... responde muchachita...». Ella sonríe, me mira fijamente a los ojos. «Yo no estoy loca, no me mires con cara de que estoy mal de la cabeza. Fidel es grande, su historia y su Revolución nos dieron la vida».

No tengo palabras. No sé para dónde mirar, y ya el jardín, ni el agua de la manguera cayendo sobre las plantas, ni los sapos enormes sembrados de embelesos pueden ser motivo de atención. El desconcierto me tiene inmóvil.

«Qué linda es... ¿verdad?». Mira al hijo sonriente y señalándome con temblor continúa halagándome: «Tienes una mirada preciosa. Fidel te la dio. La Revolución vela por ti».

«Manuel, por favor, ¿me das un cigarrito y un trago?». Él siempre tan callado, tan debajo de la falda de su madre... haciendo sus arreglos florales, visitando a Marcia tres veces por semana, a dos puertas de su casa, para arroparse entre sus sábanas y tomar su café con chocolate. Pesetica bajaba la cabeza cuando sonaba un claxon frente a su verja y una de las muchachitas salía dejando atrás una estela de perfume y ansiedades. Pesetica volteaba la cara cuando su madre pregonaba a los cuatro vientos sus mercancías.

Manuel acaricia el pelo gris de su madre y las mejillas como tierra cuarteada. «No puedes, mamá, el médico te lo ha dejado claro. Si quieres te traigo un jugo, o agua, que te hace bien».

«Ustedes creen que soy estúpida. El agua ahórrala. Hay que ahorrar para que la Revolución crezca. A mí un *whisky* para calentar el alma».

Pesetica me mira y con gesto demasiado breve para mi comprensión me deja a solas con la anciana. No puedo evitar situarme en otro tiempo, ver otra María. Aquella que era para mí un espectáculo de mentiras enarboladas en nombre de la supervivencia. María en las reuniones de la cuadra, promoviendo actividades patrióticas y María vendedora a lo largo de la Calle 12 y desde su portal. María matrona, rodeada de las muchachitas de vida nocturna, que para mí marcaban las diez de la noche. Puntual claxon que les anunciaba el inicio de una jornada. Monotonía sonora que me confirmaba la intromisión inconsciente en las vidas ajenas.

«Mira al basurero de la esquina. Acércate, mira, ¿Quién nos lo dio?, responde… Yo les digo a todos: no se quejen de nada, si todo lo tenemos. Él nos ha dado todo. ¡Qué grandes son Fidel y la Revolución!».

Se pone ansiosa, como si buscara algo.

«¡Manuel!», grita en dirección a la ventana. «¿Y tu marido?, ¿Por qué no vino contigo...? Es verdad, ya está muerto. Pero no lo mató la Revolución, dime que no. La Revolución es grandiosa y a mí también me absolverá».

20

Sube las escaleras de mármol, esta vez sin la suciedad y el olor a humedad de siempre, pues la loca del barrio terminó de limpiar hace unos minutos. Va pensando en María, en el tiempo que fue, en Jean Luc que no está hace años, en las reuniones a las que alguna vez asistió para unirse disciplinadamente a la masa de máscaras, uniformadas en su mentira de siglas sin café. Reuniones en las que sobre todo se divertía, escuchando discursos absurdos y catarsis de la gente. Purgas mentales con límite, nunca verdaderas, nunca a fondo, siempre dentro del nivel de lo permitido.

Se sienta en un escalón, ebria de risa y recuerdos. Parece como si le hicieran cosquillas, de tanta risa los ojos se le inundan de lágrimas y las lágrimas le recuerdan la ridiculez del país donde ha crecido, lo cual le parece tan estúpido, tan irrazonable que le produce una risa desenfrenada. Los recuerdos forman en su mente un *collage* de risa triste. Su memoria le ha traído la vivencia de una de esas reuniones.

«El módulo chino entrará», había anunciado con vehemencia el administrador de la panadería… El jefe del bigote y bolígrafos en el bolsillo sudaba en su emoción. Con el brazo en alto, como la sombra de mi vecino en el baño, repitiendo patrones, nos dijo que el módulo chino, con el que se podría elaborar un mejor pan, no cabía por la puerta de El Nogal. «Pero entrará, compañeros, entrará. ¡Romperemos paredes! Y si la estructura del edificio se viene abajo, lo volvemos a levantar, pero el módulo chino entrará».

La gente aplaudía sin tener en cuenta la destrucción y lo ilógico, sólo miraban los relojes, desesperados por llegar a la telenovela. Aplaudían para que los dejaran ir. Pero en ese momento, contagiado por la euforia, el jefe de los panaderos se sintió motivado para hablar de las torticas y panetelas que estaban sacando por venta liberada. Los habían imitado en la panadería de la Calle 17, pero como las de El Nogal… no hay. ¡Con sabor a mantequilla, compañeros!

La risa se me estancó en la máscara de seriedad que usé para no ser expulsada de la asamblea. La gente parecía prestar atención a esos dos que explicaban acerca de los últimos cambios en el barrio. No era importante que todo fuera mentira, lo válido era decirlo con entusiasmo, producir aplausos automatizados y dar por cumplida la reunión. ¿Por qué no irme a casa y negarme a ser parte de esto? ¿Será el temor de marcar la diferencia?

Continúa subiendo entre risas y lágrimas. Un escalón antes de llegar, ante su puerta la espera otro sobre blanco. Ya no le produce terror, ni se desespera por saber de dónde salen, ni por qué han podido llegar hasta dentro de su casa, si ella tiene su propia isla, con acceso limitado.

Mentiras. El miedo continúa viviéndola, volverá a cuestionarse y creerá que montones de ojos la miran desde todos los ángulos posibles. Cámaras invisibles con brazos largos todopoderosos que le ordenan esos ejercicios. Pero esta vez toma el sobre y al entrar a su casa lo bota en la basura sin abrirlo, lo rasga en cuatro, como siempre que tira un papel. Ahora no se pregunta nada más que por el módulo chino. ¿Habrá entrado?, ¿habrán roto paredes? Hasta el pan nuestro de cada día está tocado por la mano divina de los chinos. Esta es, no sólo la era de la informatización, también es el momento en el que China se extiende con su manto imperial, cubriendo al mundo entero.

21

«¡Mira como me mato hijoeputa, mal parío!», grita ahogada en llanto una mujer con tacones rojos en la mano, mientras se dirige al centro de la Calle 12, allí donde está trazada la línea amarilla. «Vas a ver cómo me pasa un carro por arriba... ¡un camión!». Se tira sobre la línea amarilla como si tomara el sol en la arena, sólo que ahora es pasada la media noche y para alumbrar la soledad de la calle están la luna llena y algunas farolas. Ni una bicicleta pasa mientras ella hace el espectáculo y el marido cruzado de brazos ríe cínico debajo de los balcones repletos de ojos y comentarios.

Se desgarra la voz, cambia de posición y ruega a Dios por un camión, el de la basura, no importa, como si la muelen, cualquier cosa es mejor que seguir con el cabrón degenerado que tiene por marido desde hace diez años.

Se levanta, va hacia la acera, empuja al hombre, sonsacándolo. Levanta los tacones y el movimiento de golpear es paralizado por el brazo fuerte de marido entrenado. Sollozos y la visión borrosa de un auto doblando por Zapata, frente al cementerio. Ahora sí será atropellada, ya verá él como este método sí resulta, no como las pastillas y los fósforos que no prenden en el alcohol.

Otra vez extiende su cuerpo sobre la Calle 12 y espera, rogando a Dios en silencio que las farolas y la luna llena la iluminen lo suficiente como para ser vista y perdonada su vida.

Dios la escucha y la patrulla se acerca lentamente, en su rito de ronda nocturna. Los policías bajan del carro y simultáneamente le preguntan a ella qué pasa y a él una mirada escrutadora y machista que dice: ¿Cómo permites esto?

La mujer se abalanza sobre el marido, lo agrede con su furia de tacones rojos, pelo revuelto, falda al vuelo en cada empujón.

El trompón del silencio. Puño cerrado, directo al rostro de maquillaje corrido. Es el remedio que la hace callar. Los policías se acercan al hombre, lo toman por el brazo. «Acompáñenos».

«¡Suéltenlo, hijos de puta! Dejen tranquilo a mi marido». Se abalanza esta vez sobre los policías. Ellos, ágiles en sus reflejos, se quitan del camino y ella se impacta contra la reja de los gordos. Tira los tacones furiosa, inicia el camino por la Calle 12, hacia el malecón, a toda prisa, tirando sobre la acera sus estertores, su furia.

Los tres hombres ríen, comentan que está loca, no tiene remedio. «Es ella la que vuelve siempre llorando, pidiendo perdón. Es de las que necesita un trompón a cada rato, le hace daño la tranquilidad. Pero la casa la tiene *clean,* en la cocina hace maravillas y me da en la misma costura», comenta el marido orgulloso, esbozando una sonrisa sarcástica mientras mira a su mujer como un punto de ágil movimiento que se pierde en línea recta.

«Monta, compadre, te vamos a adelantar», le dice uno de los policías abriendo la puerta trasera de la patrulla. «¿Por dónde te dejamos?».

Los balcones curiosos cierran sus puertas y apagan sus luces. La calle es un desierto con un par de tacones rojos que horas más tarde será el tesoro de dos "buzos" cuya tabla de salvación es la basura de la esquina. Los tacones de aguja pasarán de unas manos a otras, con violencia, deteriorándose el motivo de la discordia, terminando por fin, inservibles, en el latón.

22

La llave entra en la cerradura, pero no abre la puerta. Intenta pacientemente una y otra vez. NADA. La llave se escurre de su mano, desvalida, impotente. Se derrumba en el suelo, justo al lado del llavero (el signo de infinito azul intenso). Mira a través de los cristales de ese quinto piso el funeral que atraviesa la calle de una esquina a otra. El muerto va cubierto de incontables coronas. *Están hoy liberadas, el difunto es de rango o son nuevos ricos que pudieron pagar el sobre-precio*, piensa y sonríe. ¡Porque hasta para las coronas fúnebres hay cuota! Se imagina convertida en cenizas y echada al viento entre flores de papel. Recuerda que no quiere para ella velorios ni cementerios.

—El que solo se ríe, de sus maldades se acuerda —es el saludo de Iraida, su compañera de oficina, mientras se dirige hacia la puerta con la llave en la mano—. ¿Qué le pasa a esta llave? —Iraida lucha contra la cerradura.

—La mía tampoco abre.

—Buenos días, soy Clara Padilla. —Extiende su mano y esboza una sonrisa oficial—. A partir de hoy esta es la llave para esa cerradura. Permiso. —Aparta a Iraida con gentileza y abre la puerta.

A las cinco de la tarde del día anterior cerraron la puerta de una oficina completamente distinta a esa que abrió Clara, aunque los espacios continuaran siendo los mismos. Donde estuvieron las velas y el incienso hay ahora un eleguá y dos estatuillas africanas. En lugar de las postales de los íconos de la cultura universal que ninguna de ellas ha visto en persona, el Che Guevara saluda y Fidel Castro le responde con una sonrisa desde la pared de enfrente.

—A partir de hoy ustedes se mudan al lado con Rafael y Nadia. Esta PC se queda. —Acaricia la máquina como si se tratase de un gato—. Hoy deben trasladar todas sus carpetas y el resto de sus cosas, que puse en estas cajas. Muchachitas, necesito que sean ágiles y se acomoden hoy para reunirnos mañana temprano, todo el equipo, los cinco. Tengo muchas ideas.

¡Y un entusiasmo, compañeros…! El entusiasmo es necesario para llevar adelante cualquier proyecto, pero el entusiasmo oficial, ese al que nos han acostumbrado los líderes cubanos, con sus farsas, carece de confiabilidad. Nada peor que un incapaz con iniciativa. Cuando me había acostumbrado a Iraida con sus palabras mal dichas, sus acotaciones fuera de lugar y su rojo fuego en las uñas y labios, llega esta señora rectangular y gris.

No hubo avisos con antelación. No tuvimos la oportunidad de hacer nuestras cajas y, para colmo, revisó el contenido de la computadora y decidió borrar mis carpetas, porque no creyó útil ninguna de las informaciones que guardaba. Sin embargo, nos dice que no ha tocado la máquina. Tendré que rehacer el trabajo de años, aunque gracias a la desconfianza en la tecnología tengo escrito a mano casi todo, muy bien organizado. Ha sido una ingenuidad quejarme a los superiores, los jefes siempre tienen la razón. Me hacen pasar por loca, como si yo misma hubiera pulsado mal una tecla y hubiera convertido en nada todas las horas de letras y números archivados. Volver a empezar es una frase clave de mi vida. Volver al punto cero, trillar el mismo camino, escribir las mismas páginas. No adelanto, no llego a divisar un horizonte, ¡qué lejos me queda todo en estos andares cíclicos!

Respiro y mis dedos recorren velozmente el teclado de Rafael en los breves tiempos que me permite usar su PC, o cuando Nadia tiene un arranque de bondad y me dice que puedo usar la suya el par de horas que estará reunida. En cuanto reaparece en la oficina sé que debo levantarme, aunque ella no pronuncie palabra y sólo se pare a mi lado.

A Rafael le digo Sherlock. Le encanta la intriga, el misterio, venir con la última nueva, dar por resueltos los casos perdidos. Comenta sobre la economía de la empresa, los gustos sexuales de la gente, las infidelidades en los ascensores, las brujerías que se echan unos a otros, los anónimos que escriben culpándose. Nadia es la "Gentildama", hija de un militar de altos grados, que disfruta todo lo que huela a burguesía, aunque esté afiliada a todas las siglas defensoras del socialismo y se destaque en cada asamblea.

Iraida no tiene buena cara con este equipo y el compartir que nos ha sido impuesto. Antes se creía la dueña y señora, se complacía con mi falta de protagonismo. Pero eso sí, ahora forma parte activa de la vida social que se establece entre ellos tres, mientras yo escucho y me aparto. Compiten silenciosamente hasta para definir quién es el menos competitivo. Hacen alardes de dinero, posesiones y conocidos con *status*. Se hacen los que no pretenden nada y luchan como fieras por estar en todo. Disimulan, se hacen los muertos a ver el entierro que les hacen, adulan a la jefa y luego se burlan de ella. Se burlan de todos, critican todo, menos a ellos mismos. Adoptan actitudes, se montan personajes. Se comparan con la gente y siempre terminan diciendo: «Yo no haría algo así, yo no soy así». Es la habitual falsedad social, ese refugio donde todos mienten y se esconden de las angustiosas verdades de sus vidas privadas.

Ese tipo de relaciones sociales me da náuseas. Si bien echo de menos el tiempo en el que me sentí alguien porque estaban otros a mi alrededor, prefiero la soledad antes de integrarme a gente con las que no podría compartir ni un ápice de lo que me conmueve, de lo que considero nos hace más humanos.

Se las dan de tolerantes, los más comprensivos y bondadosos. Amaos los unos a los otros con un puñal en la lengua, una maza en la mano y una bota en el pie. Luego sonrían y alaben su bondad, lo maravillosos que son, la buena educación que han recibido. Tengo la impresión de que cada tema que abren se convierte en un campo de batalla. Intentan comprobarse unos a otros, darse cordel y luego arremeter en contra. Establecen un ambiente de tensión y una profunda tristeza, aplastante, enmascarada con gestos cordiales. A veces me pregunto si serán sólo ellos, la sociedad entera, o es que mis códigos son tan particulares que adonde quiera que vaya estaré excluida. Ellos son la gente y la gente critica todo, tiene una opinión negativa de todo, menos de sí misma. La gente tiene una necesidad imperiosa de fustigar, sentir que los demás lo han hecho peor. Señalar con el índice para luego hundirlo en las heridas ajenas y hurgar. Nunca llegaremos a ser buenos hermanos, ni siquiera de la familia en la que nacemos. El ser humano lleva arraigada la traición. A veces tengo miedo de encarnar a Judas y Caín. Tengo miedo por más que teorice sobre el bien y el mal, el respeto y el amor.

En esta atmósfera continúan redactándose los informes y haciéndose más tablas repletas de cifras, para complacer a Clara. Nuestra nueva jefa es la reina del Power Point, los gráficos y las conclusiones sin bases. Hay que entregar informes, no importa si son verdad o no, pero se presentan de manera que saque los ojos a los jefes de la jefa y a cambio recibimos aplausos y diplomas. Ella promete, compañeros, pronuncia discursos convincentes y es magistral en los golpes de efecto.

Nuestra muchacha deberá soportar a Clara por más de un año, hasta que se convierta en una piedra en el camino de los superiores y disminuyan para ella los aplausos. Llegará un día en que Clara deberá ser apartada, pero aún le queda tiempo en el poder. Ojalá pudiéramos decirle a la muchacha que todavía es su turno de callar, de redactar lo que le parece imposible, de imprimir y entregar lo que no cree y que no se desespere. Aún falta para ese día en que Clara le pedirá perdón, arrodillada como una mendiga, por ponerle pequeñas trampas. Cuando llegue ese día la muchacha no sentirá NADA. Cero rabia, cero rencores, cero furia. Nada de alegría por verla partir sin gloria. Por ahora aguarda. No permitirá contagiarse con sus malas caras, la rabia, sus maltrechas vidas privadas, sus falsedades. Mantiene la fe en que todo termina. Todos los imperios han tenido su decadencia y caída. Esta es una nueva lucha sostenida, otra batalla y unos días de vacaciones le servirán como tregua.

23

Vacaciones significa en este país: días sin ir al trabajo, en los que nos ocupamos de limpiar a fondo, reparar, pintar (si antes hicimos el sacrificio de ahorrar cada centavo o tuvimos la suerte de una remesa). Nada de esos cruceros con los que nos entorpecen la cabeza, nada de *tours* en carro con hotelitos de paso, nada de balnearios ni ofertas con todo incluido. Una gran parte de la población no conoce qué es subir a un avión y cuando estén permitidos los hoteles los trabajadores asalariados se preguntarán ¿para qué?, ¿para quién?, si se pagan en la moneda que no cobran y sólo en comer los platos más básicos se les va hasta el último centavo en la primera quincena del mes.

Ella está de vacaciones, encerrada en su casa, intentando hacer su vida privada un poco más agradable, más estética, para que vivir en esta isla no esté asociado a cada instante con lo feo, lo sucio, lo mal hecho, lo roto, lo inservible. Una buena terapia es limpiar a fondo, clasificar lo inactivo de tu vida en: se vende, se regala, se bota. En la última clasificación existe un dentro del latón y un afuera, porque por más que parezca increíble hay gente que le da uso a desperdicios que consideras sin remedio.

Después de un intenso día de trabajo en el que ha dejado en la basura dos sacos, se ducha. Interrumpe el baño para colarse de un tirón en su albornoz y asomarse al balcón. No esperaba visita, pero han tocado el timbre. ¡Sorpresa! Su primer día de vacaciones ha sido estrenado con un regalo de la prima de Nueva York: una Nikon. Podrá por fin captar instantes con la lente, hacer perdurar en el tiempo las vivencias de sus ojos. ¡Benditos los que vienen y van, trayendo alegría en cada paquete!

Deambula por la casa haciendo fotos, hasta que se le ocurre una idea, un nuevo montaje para la pared que recientemente pintó: *Libertad bajo palabra.* Hace varios autorretratos, variando en cada ocasión los estados de ánimo y los peinados. En la computadora diseña la palabra Libertad, con letras de diferentes colores. Letras gruesas, pesadas. Sus autorretratos quedarán aplastados por algunas de las letras, gracias al inventor de Photoshop. La palabra tendrá más poder que su rostro. Las ocho letras mantendrán cuatro de sus caras subyugadas, las letras serán el grillete que impedirán desde esa imagen, cualquier acción. Probará con un fondo de yerba bien verde, un cielo despejado, tierra, arena, nieve, rojo… Cuando esté convencida del resultado llevará la foto a imprimir, por lo que pagará 1.20 cuc.

Con la Nikon tomará varias bocas para hacer un *collage* que titulará: *Esta boca es mía.* Al lado pondrá otro con el nombre: *Falos de ciudad*, y desde el balcón captará sus motivos recurrentes para hacer una especie de rompecabezas al que bautizará: Calle 12. La Habana en mi balcón.

24

"El orden público no es más que
la violencia organizada".
—Anatole France

El televisor se enciende repentinamente. Comprueba así que recién ha llegado la electricidad. Como una sombra se sienta enfrente y mira la pantalla. Parece un autómata. El auditorio escucha con ese aburrimiento típico de los incrédulos. Se ríe de la identificación personal con esos rostros desconocidos. Una joven habla en chino. Interrumpe su parlamento y comienza el Comandante a discursar sobre adelantos técnicos, equipos electrónicos y progreso. Hace silencio y vuelve la mujer al micrófono, reinicia la voz china.

¿Qué ocurre?, ¿me perdí algo? Le resulta incomprensible, pero espera, como siempre. ¿Quién está traduciendo a quién?, ¿Para quién se está hablando? ¡Ahora sí la metió en China! Está diciendo que los apagones se acaban. Electricidad a toda hora, sobre todo para Pinar del Río. Como si estuviéramos signados por la maldición, al terminar su discurso Pinar se queda a oscuras.

Escucharé a Brigitte Fontaine, *Comme a la radio*, que es mucho mejor que la televisión. *"Ce ne sera rien que de la musique, ce ne sera rien, rien que des mots, des mots, des mots..."*. Tocan a la puerta. «¿Me invitas a un café?». Ramiro. Su rostro, pasados los sesenta, nunca me pareció tan surcado. Hoy lleva huellas de desasosiego. Hoy no es el simpático abuelo de las colas del pan y la bodega, con la risa postiza de lo más natural, las palabras fluidas, las historias de un mundo mejor al alcance de las manos. Tengo especial imán para la gente mayor. Hago empatía con la tercera edad. Después de todo, soy una vieja de veintiséis años.

Hoy Ramiro no viene a ayudarme con las bolsas, ni a decirme que llegó el pollo por pescado a la carnicería, ni a intentar corregir mis opiniones del sistema, ni siquiera a criticar mi café Serrano de mercado negro (diciendo siempre que prefiere el de la bodega con chícharo, pero aceptando gustoso con la justificación de variar).

Ramiro hoy tiene cara de terror y ausencia... *"N'ayez pas peur, ce sera tout á fait"*. Viene de la estación de policía. Detuvieron a sus nietos en la cola de Coppelia. La policía comenzó a pedir identificación y como ellos no son de esta ciudad, no tienen dirección de La Habana en su carnet de identidad, los mandaron al camión. En la capital de todos los cubanos si un policía te pide identificación y tu domicilio oficial no está registrado en La Habana, puedes convertirte en sospechoso, ¿de qué...? Sospechoso en abstracto.

Ramiro vino a mi casa a gritar su furia atragantada con susurros llorosos envueltos en vergüenza. Ramiro vino a confesar que ese mundo mejor en el que tanto creyó no es posible, no existe, no ha existido nunca. Ramiro vino a desmoronarse ante mis ojos, escondido entre mis paredes eclécticas del año veintiséis. Me escogió para reconocer que fue víctima de la trampa que contribuyó a tejer durante años. Ramiro reconoció ante mí su ceguera, pero después de esta ocasión le costaría aceptarla, no la reconocería ante los demás, su confesión sería nuestro secreto, algo que me pidió guardar con celo. Después de esta ocasión continuó defendiendo el café con chícharos, asistió a todas las asambleas cederistas, partidistas, organizó trabajos voluntarios y acompañó las urnas electorales, exhortando a cada ciudadano a votar por el mejor y más capaz (aunque bien sabemos, él, yo, nosotros… que las elecciones son parte del circo y que la capacidad dista mucho de esas autobiografías donde todos han nacido en el seno de una familia humilde).

Ramiro vive solo en esta ciudad, no quiere mudarse con sus hijos al centro de la isla. Es muy feliz con las visitas esporádicas y desde hace tres años la compañía casi constante del nieto que lleva su nombre, quien cursa estudios universitarios en la Colina. El otro nieto está terminando el preuniversitario en el Instituto de Ciencias Exactas. Son dos muchachos excelentes pasando días de vacaciones en casa del abuelo. ¿Sabrán esos policías qué es la Ley de la Gravedad? ¿Conocerán las reglas ortográficas o quién fue Platón?

Los muchachos fueron al camión sin recibir explicaciones, junto a gente que protestaba a gritos en los más diversos registros del lenguaje. Se quedaron sin palabras, extrañados, experimentando el atropello por primera vez. Por primera vez sintieron que el peligro está al alcance de todos. Por primera vez experimentaron el miedo a las circunstancias que no están bajo el control personal. En un gesto se quedaron sin fuerzas, sintiendo la impotencia de lo incomprensible, amarrados a un nudo en la garganta y una oleada de calor y frío en el pecho.

En el camión corrieron la suerte de ir sentados. Los dos miraban al suelo, apenados y confundidos. El miedo no les permitía mirarse uno al otro. Sólo miraban al suelo. Veían pasar atropellados zapatos de los más diversos tipos, veían pasos torpes y entradas seguras. Zapatos rotos y sucios de gente común. Zapatos nuevos y de calidad de otra gente común con más suerte o más perspicacia.

¿Son ellos unos delincuentes y no se han enterado? Fueron educados en los valores humanos del respeto y la disciplina. Son muchachitos de familia, que comen sentados a la mesa, no gritan, no dicen groserías ¿Acaso debe estar uno encerrado en la provincia de nacimiento, acaso debe uno permanecer estático? ¿No estamos en la capital de todos los cubanos, como dicen en la televisión, las vallas, los carteles?

No importa quién seas, cómo te comportes. Los policías saben que tienen el poder, y un degenerado con poder es lo peor que te puede pasar en la vida. Nadie se escapa de las relaciones de poder. Ellas están arraigadas a la existencia de la misma manera que la vida a la sangre que corre por tus venas. Las relaciones de poder fluyen como la sangre, brotan como heridas, se coagulan.

Cuando los muchachos subieron al camión había ya algunos pasajeros. Fueron recogidos en la esquina de 12 y 23. Dos jóvenes sentados frente a ellos estuvieron minutos antes en la galería que en los años ochenta exhibió una exposición censurada e inició un camino de fricciones entre artistas y poder. Estaban en una exposición apacible cuando irrumpió la policía y ellos son de esta provincia, pero no de este barrio y su vestimenta no es convencional, así que resultan sospechosos, de conducta inapropiada.

La policía estuvo muy cerca de mi casa. Yo pude haber estado en esa exposición. Un policía pudo haberme pedido la identificación durante mi trayecto a casa, y me habría hecho perder el tiempo, como mínimo. Caminar por la calle donde habito no me da la certeza de que estoy salvada. Todos estamos en el peligro de ser acusados de delincuentes, basta que uno de ellos lo crea, lo quiera. Basta con que uno de ellos se te acerque con cara de asesino en serie y te nombre ciudadano, pidiendo al instante tu carnet de identidad, con pésima pronunciación.

Iban en el camión como ganado al matadero. Una mujer grita, dice que es puta, pero digna. Es bellísima y tiene unas tetas que hipnotizan. Una estrella de cabaret en las calles habaneras. Pero ella será él, y precisamente esta aparente indefinición resultará su conducta impropia. Un *drag queen* sobre una camioneta que se dirige a la estación.

Compartieron celda con una "loca" de carroza que quiere ser Shakira, un drogadicto, un marido que acuchilló a su mujer, un recogedor de latas, un mendigo especializado en turistas.

El abuelo recibió una llamada y fue a rescatar a sus nietos. Apeló a su militancia en el Partido, su comportamiento social, su lucha en Girón, su paso al frente cuando la alfabetización, su cargo de ideológico en el CDR.... *"ce ne sera rien, rien que des mots, des mots, des mots..."*.

El abuelo espera sentado en un banco la hora de la declaración. A su alrededor otras personas comentan una situación como la de él. Personas formalmente correctas en su aspecto, actitud y lenguaje vienen en busca de sus hijos. Los hacen esperar tanto que toda la educación desaparece bajo un manto de impotencia. Ellos están junto a padres vulgares y madres de delicuentes, que discuten y amenazan con la carta de presentación de su historial entre rejas, comentando los abusos reales o ficticios que se cometen del otro lado del pasillo.

Cuando Ramiro pregunta el porqué de la detención, qué ley infrigieron sus nietos además de no ser de esta provincia, no le explican, no le dan respuestas, sólo que se siente y espere al jefe autorizado para liberar a los detenidos. Mientras aguarda sentado en el banco, la luz solar se va escurriendo a sus espaldas, borrando su sombra, dejándolo a cada paso más solo. Se va haciendo la tarde gris (como su estampa y su cabellera) hasta transformarse en la noche que se expande por toda la ciudad, devorando al día.

Detrás de la estación, por otra puerta que no conoce el abuelo, esperan los nietos, temerosos, tristes y aún más confundidos. Los policías los miran y son incapaces de decirles que los esperan por el frente. Se burlan, se ríen. Los policías pasan un rato haciendo chistes con el tema de los jóvenes desesperados, hasta que al fin uno se compadece y les aconseja cambiar de puerta.

"Mes enfants, le XIXem sicle est terminé...".

El abuelo es incapaz de mirarlos a la cara. No se levanta del banco. La cabeza baja, mirando al suelo. La vergüenza se convierte en su peor verdugo. No podrá repetir sus habituales discursos con la frente y el brazo elevados. Ahora sí se burlarán con argumentos. Ya tienen bases sólidas para defender los criterios en contra del discurso arcaico. Solo les dice: «Vamos a casa» en el más bajo de los susurros.

Una vez en la acera, frente a la puerta del castillo donde está la estación, se separan, toman sentidos contrarios. Los muchachos continúan camino, sintiéndose héroes de una hazaña que desean compartir, saben que repetirán el cuento una y mil veces. Tienen razón, les ha quedado demostrado. Corean como Hamlet que hay algo podrido en este reino.

El abuelo va cabizbajo, con pasos lentos, a esconderse en la casa de puntal alto y persianas francesas, donde aún quedan paredes descoloridas, bajo un techo donde se asoman las vértebras de hierro oxidado. El abuelo va en busca de un pozo donde ahogar todos los gritos de rabia y dolor.

25

Había escuchado a Ramiro en silencio, toda oídos. Su capacidad de escuchar sin interrumpir, sin emitir juicios o críticas, además de prestar toda su atención, meterse de lleno en el asunto (recordemos que es muy pasional, aunque a veces se sume a la inercia colectiva) la convertían en confesora de conocidos y extraños. Confesiones en los asientos de los trenes, las paradas de guaguas, la biblioteca, las esperas en las interminables colas.

A veces quisiera quedarse al margen, no saber, no escuchar. Con cada vivencia de la gente se deprime, se entristece, generalmente más que con sus propias vivencias. Confía en su fuerza interna, cree que podría soportar un poco más. Se ha arraigado a la idea de no esperar nada mejor, saber que cualquier cosa puede suceder. Pero las experiencias ajenas, como en esta ocasión, humedecen su rostro y se le atraganta la impotencia de solucionar los sufrimientos, encontrar una fórmula definitiva, eficaz, para una profunda conciencia humana que conlleve a relaciones respetuosas, saludables, un mundo que valga la pena ser vivido y no este experimento frustrado de un demente. Como dijera el chofer de un almendrón, camino a la Habana Vieja: «Donde comienza Cuba, termina la lógica». Luego agregó, inspirado en un cartel publicitario de la Cuba prerrevolucionaria: «Todo cubano tiene derecho a comprar un Buick», a lo largo de estos cincuenta años: «Todo cubano tiene derecho a escribir un libro».

26
En masa

Lo primero fue la supresión del singular. Ocurrió después del discurso en la gran avenida. El orador había hablado en plural, incluso cuando se refería a sus pensamientos y acciones como individuo. La gente aplaudía tras cada Nosotros y Ustedes. Y con cada aplauso la gente asesinaba la parte de la memoria que contenía los pronombres personales. Hubo una castración colectiva del lenguaje, y con ella, de la libertad de expresión y de las acciones individuales. Muy pocos se cuestionaron la ausencia. Se negaban a connotar sus acciones como algo suyo, se enfermaban de miedo. Unos, asumiendo la nueva modalidad; otros, asumiendo sólo el silencio.

La palabra repetida llevó a la materialización del sentido plural. El verbo es acción. Las parejas fueron las primeras, comenzaron a fusionarse hasta hacerse un único cuerpo deforme. A ellos se les unieron los hijos, como imanes. Luego, los parientes más cercanos. La confusión era enorme a la hora de acudir al trabajo, a las escuelas. ¿Para dónde ir si la individualidad estaba suprimida?, si varios se convirtieron en una masa amorfa.

Los diferentes, los repelentes de la masa, los que confiaban en la individualidad corrían desesperados y en medio del terror preferían la soledad. Huían del aplastante peso. Escapar era la manera de continuar siendo uno sin perderse en la multitud.

Tantos gustos, perspectivas, proyecciones, sueños se mezclaron y se convirtieron en un cuerpo destructor, cuyo único pensamiento era engullir. Tragarse la ciudad, porque nada importa a quien no existe. En su apetito voraz engullía trozos de monumentos, esquinas históricas, edificios recién pintados, fuentes, balcones, guardavecinos, torres minaretes. Todo lo que pudiera engrandecer a las ciudades de esa isla, todo lo que detrás llevara un nombre y marcara un estilo, una personalidad.

La masa creció, devorando. Ninguna otra solución de escape en la isla, sino el mar. El mar como remedio. En un principio la solución de los que tenían una marcada individualidad fue sumergirse en las orillas. Lograron récords de subsistencia debajo del agua. Allí, donde la masa no accedía por temor a ahogarse. La masa sentía recelos del horizonte, de cualquier otro territorio que no estuviera delimitado por las aguas del mar y esa tierra que conocían de siempre. La única tierra, el único sitio posible.

La masa crecía. Se extendía por toda la isla. En una vista aérea parecía un paredón de fusilamiento, una barrera divisoria, una muralla infranqueable.

La masa enfermó de pérdida de sentido. Desorientada y obesa creyó que su solución estaba en el entusiasmo, en saltos de júbilo y ebriedad. Pero la masa pesaba demasiado, y con cada salto, con cada impulso de supervivencia, hundió poquito a poco todo el país.

27

"Radio Reloj...siete de la mañana". Para anunciar la hora se ha interrumpido el sonido de fondo, como de lengua contra el paladar y ha dado paso a un silbido prolongado. Ella estira su brazo hacia el despertador sin la puntería suficiente para apagarlo. No insiste. *"Con buen paso recuperación de viviendas a todo lo largo del país... Decenas de miles de personas mueren cada año en Estados Unidos por falta de atención médica... Más de mil doscientos graduados en distintas especialidades de ingeniería en el ISPJAE... Moderniza el país sistemas para cría intensiva de peces... Radio reloj... siete y un minuto"*.

¿A quién quieren engañar?

Se ha dejado arrastrar por las palabras. Ha caído en la trampa de un despertar al ritmo de la noticia. Mira al techo. En segundo plano sonoro el canto de un pajarito y la batidora de la vecina. El olor a café en la ventana de al lado. Debe saltar de la cama y comenzar el día. La esperan varios archivos, formularios, cuños, firmas, avales.

Siete con treinta minutos... ¡cuánto tiempo!, es tarde y para que la dicha sea buena tomará la precaución de bajar de la cama con el pie derecho. Cuadro, raya, cuadro, juega con los mosaicos del suelo como una niña hasta la entrada del baño. El tiempo es una ilusión, se moldea a nuestras vidas.

¿A quién quieren engañar?

Prepara el café y fríe un par de croquetas con la rapidez de una camarera con cien clientes esperando para desayunar. La acompaña la revista televisiva de la mañana donde se repiten las mismas noticias que en la radio. Cuando se sienta a la mesa su café se paraliza entre la garganta y el estómago. *"Más y mejor con menos... el ahorro en la producción arrocera se gana en la eficiencia de secaderos y molinos... una oficina con tres luces, donde basta con una... La crisis provoca aumento de suicidios y asesinatos en Europa... Sobrecumplen en Las Tunas plan de impermeabilización de edificios, con 74, de 55 planificados".*

¿A quién quieren engañar?

Siete y cincuenta minutos... otra vez ha caído en la trampa del ritmo lento al compás de la masticación, el entretenimiento con las oleadas de café en la taza de porcelana inglesa, las hormiguitas que suben al azucarero en divina procesión. Si no vuela llegará tarde al matutino de las ocho y será amonestada. A medio peinar, con la estela de Blue Marine pidiendo impregnarse en su cuerpo, pero quedando definitivamente tras el portazo, baja las escaleras con la cartera y un trozo de pan en lugar de manos. Baja las escaleras burlando cada peldaño. Intenta no llegar tarde al matutino.

¿A quién quieren engañar?

No puede cruzar la calle. Siete y cincuenta y ocho minutos. La Calle 12 está penetrada de lado a lado por una multitud de ciclistas extranjeros con banderas cubanas, británicas, canadienses, escandinavas…Guardándoles las espaldas, un cacharro viejo con altoparlante en el techo. Anuncia el apoyo de la delegación internacional para la celebración del primero de mayo. «Todos a la plaza. Trabajadores, pueblo en general». Va a paso de tortuga y la voz es turbia, carente de toda nitidez. «Asistirán más de un millón de cubanos. Todos a la plaza…».

¿A quién quieren engañar?

Ocho tres minutos. Una suerte poder valerse sólo de sus piernas para llegar a la oficina. Hace su entrada maratónica y su impulso es detenido por el rostro desconocido de un nuevo custodio. Le ha pedido el solapín que la identifica como trabajadora del centro y revisar su bolso. Creyéndolo un absurdo explica que nunca lleva el solapín, que trabaja ahí hace más de cinco años, que puede preguntar a cualquiera, que ya está retrasada para el matutino de las ocho. «Lo sentimos, compañera, si no tiene el solapín no entra, así está reglamentado, su solapín es el distintivo que acredita su pertenencia al centro. Y si no llegó a tiempo, levántese más temprano y apréndase el horario de las guaguas».

Nadie está para hacer algo por ella, a esa hora están todos reunidos leyendo y reseñando noticias. El custodio está cerrado en su cuadratura de limitado poder, con cara de cumplidor estricto. A ella no le queda otra que exhalar y volver a su casa, primero incómoda, luego riendo de esa ridiculez.

¿A quién quieren engañar?

Ocho y treinta… mientras ella baja por segunda vez sus escaleras (ahora con el Blue Marine en el cuello y las muñecas), en su oficina deciden terminar la espera y comenzar la reunión con los escasos trabajadores que han llegado. Cada viernes al amanecer se repite el retraso. Pero cada viernes hay que darlo, es lo estipulado, aunque el auditorio se reduzca a dos o tres. Es un deber estar informados, anuncia el administrador… *"Decenas de miles de personas mueren cada año en Estados Unidos por falta de atención médica… Más y mejor con menos… Nuestro centro se une al ahorro nacional de electricidad, apagaremos todas las luces de 10:00 AM a 3:00 PM…"*. Nueve con treinta minutos y continúan hablando del sobrecumplimiento de los planes de producción, los proyectos futuros, los presupuestos, el excelente desempeño en las tareas asignadas. Diez y treinta… Cierre con broche de oro: ha sido otorgado el diploma de Vanguardia Nacional.

¿A quién quieren engañar?

Esa tarde, mientras camina a su casa, repasa mentalmente todo lo que ha dejado de hacer. El lunes no podrá permitirse remolonear, porque además de todo el atraso está la inspección. Hoy no cumplió a plenitud los planes de trabajo, pero, eso sí, está informada.

Tropieza con el entusiasmo de obreros alrededor de una tribuna que están terminando de ensamblar. La imagen se repite todos los años en varias fechas conmemorativas. Suena la música a todo volumen derramando en el aire canciones patrióticas. Mientras los obreros sudados martillan, taladran y cargan, ríen a carcajadas, y piropean a las mujeres que pasan.

La gente, sin detenerse, bordeando la tribuna como quien evade un obstáculo molesto, se queja de la nueva ruta que debe tomar la guagua mientras dure el acto, se preguntan si venderán algo a mejor precio, si tocará alguna orquesta al final y si pondrán alguna pipa de cerveza (recuerde la terapia de las tres B).

Ella va lentamente, escuchando comentarios… *"Decenas de miles de personas mueren cada año en Estados Unidos por falta de atención médica…"* observando el paso de la gente, esperando ver el telón de fondo. Terminan de enarbolar la tela blanca con letras rojas: *"Patria o Muerte. ¡Venceremos!"*.

¿A quién quieren engañar?

28
Autoconsumo

"El pensamiento se come sus propias palabras, y así crece".
—Rabrindanath Tagore

Tragó la píldora sin mostrar la resignación que crecía en sus entrañas. La tragó, convencida de que por más que llevara años consumiendo aquello, siempre sería por obligación, nunca por convicción.

Era un dispositivo donde se almacenaba la misma información repetida con formas diferentes, incluidos ciertos ejercicios para la memoria. Ahí estaban todas las palabras que debía conjugar y repetir en cada uno de los escenarios. Consignas y discursos panfletarios que nunca hubiera podido aprenderse de manera natural, orgánica.

Tragó la píldora y se dirigió a la puerta de salida, desdoblando todos los pasos de la inmensa fila que esperaba con disimulada indiferencia recibir esa comunión. Subió a su auto y manejó en silencio.

Cerró la puerta de su casa y su rostro, su cuerpo todo, se suavizaron. Respiró aliviada; al menos mostraba signos de menor estoicismo. Soltó la cartera sobre una butaca y miró en derredor, buscando huellas de otra presencia. Mucho mejor se sentía al saber que estaba sola.

Apresuró sus pasos hacia el baño. Cerró con pestillo y encendió la radio. Tocaban una canción de moda, la puso a todo volumen. Se miró al espejo. Hizo una mueca graciosa. Taponeó el tragante y en súbito movimiento metió el dedo en su garganta, provocando esa mancha abstracta en tonos ocres, sobre fondo de cerámica blanca.

El vómito parecía una visión macro de las bacterias a través de un microscopio. Sumergida, casi al centro de la mancha, la píldora asomaba. Utilizando la pinza del desarrollo humano (índice-pulgar opositor) la extrajo. Quitó el tapón. Dejó correr abundante agua.

Guardó la píldora limpia en un cofrecito redondo, con la imagen del yin y el yan en la tapa. Lo escondió debajo de las toallas al fondo del clóset. Se lavó la cara. Secó todo lo mojado y apagó la radio.

Cada mañana sacaba el cofrecito, justo unos minutos antes de salir de casa. Vaciaba el contenido en su garganta. Con resignación, convencida de que cada pensamiento suyo quedaría sepultado en el olvido, opacado por esa píldora obligatoria que consumía cada mes, durante la celebración de una asamblea. Podía haberse excluido desde el inicio, no ser parte de los que "comulgaban", pero a cambio no tendría el lugar social que le permite llevar esa vida, tener esa casa, ese carro, ¡vacaciones en la playa!, reconocimiento, diplomas, medallas. Discursos, reportajes, entrevistas. Vendió su alma al diablo y lo traicionaba en silencio con su vómito diario, unas horas en las que se apropiaba de su ser, libre de las intromisiones, con sus pensamientos castrados, muertos en su incapacidad de poder ser compartidos.

Cada mes iba al mismo sitio, con la misma gente (y algunos neófitos entusiastas), no hacía la gran cola porque tenía prioridad, pasaba delante de la multitud, saludando con su sonrisa de figura pública. Si había otros de su clase marcaba el último de una cola mucho más corta y con derecho a asiento (pequeños privilegios de quienes enarbolaban ese sistema).

Pero entre un mes y otro, cerca de los días quince, antes de hacer la sustitución mensual, había un mantenimiento de la píldora durante un círculo de estudio donde debatían acerca de las palabras especiales que debían añadir, en dependencia de las cualidades que precisaran exaltar. Nosotros, que la hemos visto en el baño, revolviendo sus entrañas, nos sorprenderíamos al verla destacar notablemente en esas sesiones.

Su ritual nunca fue compartido con su esposo. Con nadie. Era su secreto. De la misma manera que él nunca le dijo que no había tragado la píldora por primera vez, que la escondía debajo de la lengua y que nunca lo revisaban porque confiaban plenamente en él, uno de los más prolíficos creadores de ejercicios para la memoria. Mucho menos enterados estaban sus hijos, una adolescente retraída y un niño de ocho años. Sobre todo por ellos, por los hijos, por el futuro, incluso antes de ser concebidos, antes de ser ellos un matrimonio y formar familia, cada uno por su lado se comprometió con el sistema por miedo y falta de otra opción. Miedo a la miseria y la exclusión. Doble cara, doble pensamiento, doble existencia.

Extenuada por tanta lucha interna, añorando algo único y preciso, llegó a casa más dispuesta que nunca a martillar la píldora, deshacerse de ella para siempre. Tomar, por fin, una decisión definitiva.

Caminó con pasos firmes y cabeza erguida hacia la puerta del baño. Cuando le quedaban tres pasos hizo una pequeña pausa frente a la puerta de la habitación de su hijo. La puerta estaba entreabierta. Deseó verlos sin que ellos la advirtieran, quería espiarlos sanamente, mirarlos para tomar fuerzas, pero contrario a sus deseos, su actitud convencida se desplomó. Sentada sobre la cama, la hija miraba con cara de asco y decepción a su hermanito, sin decir una palabra. Frente al espejo, el niño uniformado ensayaba el discurso, la consigna y el saludo para el acto escolar del próximo día. Convencido, orgulloso de seguir los pasos de sus padres.

29

Come espaguetis sin queso (vegetarianos por obligación), deliciosos con su salsa de tomate hecha a mano, embotellada en una antigua "sábado corto", en un campo perdido de la isla. Proyecta en su cuaderno un montaje que titulará *Identidad*

Materiales necesarios:

1. Todos los carnets que he tenido a lo largo de mi vida.

2. Fotos mías, de diferentes edades. (Descompletar el álbum por una buena causa).
3. Tinta para marcar mis huellas digitales.
4. Creyón de labios y mi boca. (Evitar el rojo, no me sienta. Tampoco el rosa, no es mi estilo. Solución: el marrón habitual).

Idea:

Construir un carnet gigante dentro del cual ubico la información de todos los carnets, a manera de estrofas.

En el lugar de la foto, un *collage* con todas las que he sido (bebé, niña, adolescente, mujer).

Algunos espacios en blanco que indican algo por hacer. Por ejemplo: Carnet de conducir: pendiente. Filiación política: definitivamente anulado.

Quiere encontrar el carnet de la Biblioteca Nacional para sumarlo a su texto identitario. Sabe que lo tiene, pero no sabe dónde. Cree haberlo visto por última vez dentro de *El extranjero*. Confirma que Camus no lo tiene. Busca en Salman Rushdie. Tampoco. Monterroso... ¿para qué revisar si ha estado dialogando con él y no le dijo nada de su carnet de biblioteca?

¡Ay, Orwell, me estás jugando una mala pasada!, ¿Qué es ese papel que asoma entre tus páginas?

Ejercicio # 4 para la memoria

Escriba y repita cien veces, en alta voz, la siguiente frase:

ESTÉ SIEMPRE ALERTA.

Atención: Todo parece indicar que el sueño la venció en el ejercicio anterior. No somos partidarios de los espacios en blanco. Padecemos el *horror vacuis.* No olvidaremos esos espacios en los que no escribió.

Esté siempre alerta. **ESTÉ**.

30

Reflexiona, parada en el balcón, bebiendo los últimos sorbos de vino tinto en copa de bacará, otro regalo de la abuela. Sigue con la mirada cada paso de su madre, hasta verla convertirse en un punto avanzada la Calle 12. Desde niña tiene el firme propósito de ser todo lo contrario a ella. Cuando sus intentos se frustran, se deprime hasta los fármacos. La genética ha decidido ponerse en su contra y dibujar en su rostro la misma sonrisa (tal vez sea una razón para que con frecuencia ande tan seria) los mismos ojos color miel, el mismo óvalo facial, el mismo pelo.

Bebe otro sorbo, observa y en su mente Bob Dylan la reconforta, la consuela: *"You can't always get you want / But if you try sometime / you just might find / you get what you need".*

Acto seguido, Ellis Regina le riposta seductora, en portugués. Se antepone con su hermosa voz y le roba el rayito de esperanza: *"Ainda somos os mesmos e vivemos como nossos pais".*

Desde que se fue de la casa materna a los diecisiete años siente el alivio de ser dueña de su propia vida. Cuando niña se concentraba profundamente en su deseo de ver correr el tiempo en un chasquido de dedos y tener la posibilidad de volar del nido. Ser independiente de verdad como no puede serlo la mayoría de los jóvenes en Cuba. Poder por fin cumplir lo que tantas veces escuchó decir a su madre cada vez que ofrecía su opinión: cuando tengas tu casa harás lo que creas; mientras, cállate, que estás en mi casa y aquí se hace lo que yo diga. Pero nunca pudo quedarse callada. Respondió, criticó, se burló, ofendió. Lloró, a gritos y en silencio. Cambió su habitación, llenó las paredes de imágenes que a la madre le parecían horribles, escribió en el techo un poema y en la cabecera de la cama (herencia de los bisabuelos) colgó un cartel como el de Gaugin en su isla: *"Te faruru"* (aquí se hace el amor).

El tiempo todo lo cura, todo lo borra. Sin embargo, para ellas más que el tiempo ha sido la distancia. De lejos uno quiere mejor. De lejos amas a quien está en tu mente. Alguien que no responde, alguien que no te juzga, que no te molesta, que no te cambia las cosas de sitio y no hace huecos a tu economía.

Las dos lograron su independencia y así han llegado a tolerarse. Nunca sabremos con exactitud en qué medida se quieren. *"Tener amor es saber soportar, es ser bondadoso; es no tener envidia ni ser presumido, ni orgulloso, ni grosero ni egoísta; es no enojarse ni guardar rencor; es no alegrarse de las injusticias sino de la verdad. Tener amor es sufrirlo todo, creerlo todo, esperarlo todo, soportarlo todo".* En aquella época de convivencia disfuncional de casi nada le servía leer el Corintios 13 y llorar pidiendo a Dios dejar de ser niña.

Ahora abre las puertas de su casa sabiendo que la visita durará minutos. Cumplen como estudiantes aplicadas el mismo ritual una vez al mes. La madre pregunta cómo estás y ella responde siempre: muy bien —transformada por ese instante en una *koré*, esbozando una sonrisa arcaica.

Comparten algo de beber o un postre, la madre obsequia algunas provisiones alimenticias o de higiene y se despiden. La muchacha nunca le pide nada, pero la madre quiere ser como todas las de su generación, apegadas a la dependencia obligatoria, proveedoras de lo que no tienen ni para ellas mismas, de las que se quitan su nada para entregarla incondicionalmente a los hijos, como si en un jabón o un pedazo de carne se fuera a conferir la vida entera.

Desde su balcón ve cómo la calle engulle a su progenitora y recorre con su vista el escenario que tiene delante, centrándose en los rostros de mujer que, como su madre, pudieran tener hijos adultos. Rostros femeninos cansados, sin alegría. Rostros que no tienen la costumbre de usar cremas. Rostros que no eligen marca de maquillaje y se pintan con lo que encuentren a mano. Rostros castigados por el sol. Rostros que son todo lo que su generación lamenta.

La generación de mi madre no sabe SOÑAR. Nació con los brazos y la boca atados y una venda en los ojos.

La generación de mi madre no conoce la palabra FUTURO. Malamente aprendió a pasar de un día a otro buscando qué comer y cómo remendar lo roto.

La generación de mi madre no sabe ELEGIR. Conocen profundamente cómo no tener opciones, estar siempre conformes. La generación de mi madre siente culpabilidad por el disfrute de la vida: el vino en copas, unos zapatos bien diseñados, sábanas nuevas, vacaciones fuera de casa (esas pequeñas cosas que ayudan a vivir).

La generación de mi madre es triste, desesperanzada, y ha empezado a morir. Ellos, proponiéndoselo, o no, parieron y criaron una generación que sueña con un futuro en el que se pueda elegir diferentes maneras de disfrutar la vida.

Sin mirar atrás

"(…) mi *terra infirma*, mi vorágine, mi cuerno de la abundancia, mi multitud. (…) mi excesividad, mi todo enseguida, (…) mi leyenda, mi madre, mi padre y mi primera gran verdad. Puede que no sea digno de ti porque he sido imperfecto, lo confieso. Puedo no comprender eso en lo que te estás convirtiendo, eso que quizá eres ya, pero soy suficientemente viejo para saber que esa nueva identidad tuya no la quiero, ni la necesito, ni la comprendo.
India, origen de mi imaginación, fuente de mi salvajismo, rompedora de mi corazón.
Adiós".
—Salman Rushdie

31

—Desalojan a la doctora —le responde un hombre de los que están en la multitud, junto a su bicicleta china, cuando ella pregunta la razón de tanta gente aglomerada.

—Desalojan no, compañero. Mide bien tus palabras, mijito, en este país no existe el desalojo —interrumpe enérgica una mujer de aspecto deplorable.

Sus pies sucios sobre chancletas de goma gastada y uñas garras con pintura malva-perla a medio caer. El vientre desbordando grasa y descuido, los dientes… ¡ay Dios mío!, ¿para qué se forman tantos estomatólogos en este país y la salud es gratuita? La ropa demacrada por opción personal, más que por necesidad nacional. Porque se puede ser pobre, pero limpio y cosido.

No hay que detallarla para percibir en su proyección cierta alegría mientras enfatiza con aires de indignación:

—Esto le pasa por puta y burguesa. ¡Qué linda!, el marido italiano pone el dinero para comprar el apartamento en plena Calle 12, hacen algo ilegal, y el cubanito le da la sabrosura. Cuando yo te digo que ella se creía cosas, que se lo merecía todo. ¿Quién la mandó a hacerse la viva con el viejo? El italiano es extranjero, pero no bobo. Ahí tiene, la doctora que tanto se hacía la fina.

Nuestra muchacha ecléctica repara en la mujer, más allá de sus pies y su barriga. Intenta evitar sus dientes, aunque se fija en la cara que le parece conocida. Claro, es la vendedora de medicamentos. No es que trabaje en la farmacia; desde su cuarto de solar tiene su propia botica de mercado negro, surtida con las recetas que consigue por aquí y allá, incluso con esa médica de la que ahora habla pestes. La doctora a la que la gran mayoría apunta con recriminación y le buscan las pulgas y las faltas que hasta ese instante no le vieron. La doctora de sonrisa amplia que atendía a todos con amabilidad. La doctora linda, bien vestida y de buenos modales que con sus propios medios (o los del italiano, qué más da) pintó el Consultorio del Médico de la Familia y lo decoró con buen gusto, sin repetir tres veces los carteles del SIDA, la sal yodada y lactancia materna. El consultorio que tuvo sus murales obligatorios hechos con originalidad, atractivos gracias al acceso de nuestra doctora a la red de redes, las revistas del mundo y la tecnología digital. A partir de hoy no es más nuestra doctora y demos por sentado que con el cambio no habrá nueva inversión de capital extranjero. Lamentable. Veremos cómo el consultorio se irá deteriorando.

¿Qué puede criticar ese esperpento de mujer que trafica con la desesperación de los enfermos y la incapacidad estatal del abasto? Es ilegal comprar una casa, ilegal vender el auto heredado, ilegal la carne de res, ilegales las langostas y los camarones, ilegalidad institucionalizada trasmitida en programas de televisoras extranjeras, en los canales nacionales. Esta isla inspira, transpira y expira ilegalidad. Cada paso, cada movimiento, por más que parezca el más espontáneo, puede ser cuestionado y señalado por infringir las leyes. Seguramente esto se debe a la existencia de tantas puertas cerradas, tantos no se puede, no hay, prohibido, imposible. Se erigen comisiones contra la ilegalidad y la corrupción, y los comisionados terminan cayendo corrompidos, ebrios de tanto discurso.

Escándalo triste el de esta profesional renuente a vivir agregada en un cuartico en Centro Habana, donde creció sufriendo la penuria material, con dos hermanos y una madre soltera. Ella tuvo voluntad y coraje, no se dejó arrastrar por la precariedad, y estudió incansablemente desde su entrada a la escuela primaria. Los seis años de carrera y los tres de especialidad no se los regalaron su belleza y carisma. No fue suficiente con el esfuerzo propio. No fueron suficientes las horas entre los libros, las guardias extras, el título de oro. Hoy es una doctora huyendo de la miseria, la fealdad, la vida carente de espacios íntimos. Una mujer seductora que utilizó sus encantos para lograr el bienestar añorado, y una vez establecida quiso ser feliz junto a un muchacho común. Joven, lindo, y también sin casa.

Los policías tiran los muebles al camión, disfrutan su trabajo. Mantienen a la multitud detrás de la línea que han marcado. Detienen las agresiones de la doctora con prepotencia. Tiran el colchón, la cama de caoba. Rompen un espejo de marco dorado. ¿Cuántos años de mala suerte...? ¿Para quién?

Qué les importa a los policías las cámaras de periodistas independientes, extranjeros. Actúan para ellas. Se creen los protagonistas de una película del sábado, con mucha acción, poco cerebro y despojada de todo sentido humano.

Hoy la doctora no está perfectamente maquillada, ni lleva tacones. Ha perdido la compostura y entre los llantos de rabia lanza frases cortantes sobre los rostros de la multitud espectadora, sedienta de sufrimiento ajeno. La multitud hambrienta de linchamientos, hogueras y circos romanos. La multitud murmurante, ataviándose con una nueva historia, guardando en sus bolsillos la última noticia del barrio.

La muchacha decide alejarse de la muchedumbre, contagiada con la ira de la desalojada, con asco de la gente que forma su barrio, su ciudad, su país. Con repulsión de ella misma, incapaz siempre de hacer algo. Los asuntos de la vida privada de esa mujer deberían ser sólo de ella. Los amantes que tiene, el método que emplea para conseguir una casa. Pero aquí todos se meten en todo. Una gran masa pestilente defiende la fealdad y la miseria. Una gran masa se incomoda ante el progreso ajeno, y lo juzgan, lo destruyen. Una gran masa sumida en la podredumbre, educada en el estancamiento y la ceguera tiran piedras contra los que sacan sus cabezas del fondo del pantano y logran respirar. ¿Qué puede hacer si los héroes y heroínas están pasados de moda? ¿Qué haría usted?

Recorre los pocos pasos que la separan de su apartamento, acompañada de un leve temblor cercano al miedo. Es presa de un temor incomprensible de ser detenida repentinamente, temor de ser enjuiciada por sus pensamientos. Temor de ser tirada al camión como los muebles de la doctora, convertida en añicos como el espejo.

Sube las escaleras con prisa y al entrar cierra con todos los cerrojos. No se va adentro para alejarse definitivamente. Es atraída por el balcón, desde donde continúa siendo la espectadora silenciosa, ahora con la distancia como seguridad, y el estar sola como garantía de no ser atacada con frases ni miradas.

Ella está mirando. La gente pasa ante el camión, los gritos, las cámaras y se detienen curiosos. Sin embargo, aquella señora pasa de largo, indiferente a la aglomeración. Su camino recto es interrumpido por el perrito que lleva atado a una correa. El perrito la hace zigzaguear, interesado por el tumulto, presto a correr hacia la multitud y otros perros. La dama lo domina. Recupera su estabilidad. Caminan hacia el cementerio. El perrito va delante. Ella va erguida.

32

«*Bonjour*», le decía a Jean Luc todas las mañanas cuando se cruzaban en el camino a la panadería. Ella de regreso a su casa, él aún medio dormido, a comprar el pan para el desayuno. Desde el balcón los veía intercambiar ese saludo fugaz, sin más palabras que un amable gesto de cabeza ladeada.

Nunca sentí celos de esa señora mucho más apropiada para mi marido que yo. Sabía que sólo le decía

«Bonjour». Leía sus labios poco sensuales, casi una herida mal trazada debajo de una nariz puntiaguda, saludando en un francés que según él era muy correcto. Ella parece muy correcta. Su imagen es como salida de una pintura del siglo XIX. El cuello alargado, una figura esbelta, muy delgada. Con su blanca palidez lleva siempre a ese perrito felpudo, a un paso rítmico, invariable, atado al cuello por una correa, atada a su mano.

Pasaba frente a mi balcón a la misma hora de la mañana y luego al atardecer. A mí nunca me saludaba, para ella yo debo ser invisible, no existo en sus pupilas. Para mí ella siempre ha sido Solange, es el nombre que le inventé, porque cuando le pregunté a mi marido él no sabía, sólo repitió por décima vez que hablaba muy bien francés. Ahora, como antes, me río silenciosamente, maliciosamente, de la nostalgia que un desarraigado como él podía sentir por su lengua materna.

¿Con una sola palabra pudo saber él que ella habla muy bien francés? Con mi afán de investigar, llegar a las raíces y las médulas, pregunté sobre anteriores conversaciones de mayor duración. Sí, ella le había hablado, en lengua romance, del clima, el pan, las flores marchitas, y el perrito.

El perrito que le trajo su hijo y ella tiró a la calle, con las habituales excusas de la comida que no alcanza ni para uno, de la casa estrecha sin patio ni jardín, del dinero que no tiene para un veterinario.

El perrito enfermo de mirada gacha y cara de gremlin, la alegría de su David. A fuerza de percibir encuentros que despojaban al hijo de su modorra, de las horas apoltronado en el butacón a cuadros, de los ojos grises con mirada lejana, de la boca triste de palabras breves, terminó aceptando al animal. Fue su enfermera, su protectora. Compartió su comida con él, incluso cuando solo tuvo pan y agua con azúcar (porque en los tiempos duros a los niños y los viejos se les deja la mejor comida y los demás resuelven, se las arreglan, comen cualquier cosa).

El perrito viejo de hace pocos años. Si pudieran las mascotas, los queridos animales compartir todas las edades de sus dueños… Ella aún no pasa los cincuenta y al perrito no le falta mucho para tocar fin. El perrito de David, su fiel amigo, su única alegría. David que dijo adiós con sólo catorce años. Fue un sábado cualquiera de ajetreo doméstico. Como hormiga loca disponía todo para estar *prêt* a las dos y media. Impartir las clases, soñar con París, decir *«Au revoir»*.

David, en el butacón a cuadros, reacio a levantarse. Ella que no alcanza, que no puede sola, que por qué es tan dura la vida de madre, por qué la miseria, por qué no hay un Sena adonde arrimarse y llorar orillas hasta deshacerse, convertirse en mar.

Los centavos tirados, el empujón de golpe, que al menos busque el pan. Él va sin deseos, el perrito delante, su bruma detrás.

No llegó a cruzar la Calle 12. Le gritaron «¡Cuidado!» y él nada escuchó. Ese día cualquiera, que marcó sus vidas con la eternidad, fue el perrito el mensajero de la nefasta noticia. Llegó a sus pies, demasiado nervioso, la multitud en sus gritos tardó en arribar.

Esa mujer habla muy bien francés. Después de contarle la historia de David sus encuentros con Jean Luc se redujeron al *«Bonjour»* y el gesto de cabeza. Lucas, que así llamaban también al francés para que pareciera más cubano, la había escuchado y nunca indagó más, ni siquiera le preguntó su nombre.

Jean Luc y yo nos parecíamos en nuestra manera de callar. Escuchamos, pero preferimos no hurgar. Lucas y yo nos diferenciamos en que él no se inventaba ocultas historias con la gente y yo estoy todo el tiempo en una vida paralela, con los personajes que selecciono del escenario de esta calle.

¿Cómo pudo Jean Luc contarme todo eso y no saber el nombre de la mujer? Hay encuentros profundos que no tienen nombre, ¿hay confesiones que no puede uno hacer en su lengua materna? Hay encuentros breves con miradas grises. Hay temas de los que no se habla más de una vez. ¿Hay desconocidos que atesoran nuestras heridas profundas?

"Recordó su fino y débil cuello, sus bonitos ojos de color gris. Hay algo en ella que inspira lástima, pensaba al quedarse dormido". A la memoria le viene esta frase de Antón Chejov.

A partir de la mañana que descubrí a Solange comencé a despertarme regularmente temprano. Con su presencia encontré un motivo para no quedarme inmóvil entre las sábanas. Esa desconocida de rostro melancólico y colores mustios brindaba a mi vida un colorido pintoresco. Con sus zapaticos de *madame*, su peinado de los años veinte, sus collares de funambulesca aristócrata, su carmín en la boca-herida, sus trajecitos viejos de europea pasada de moda. Su disfraz le asienta. Lo que pudiera parecer ridículo a ella la hace auténtica, una hermosa dama.

«Solange… Solange», repetía desde el balcón, murmurando cada mañana, cuando la calle se me antojaba un paisaje romántico dispuesto sólo para verla aparecer. El primero que doblaba la esquina era el perrito, detrás venía ella, manteniendo las distancias, sosteniendo la correa con rectitud. Era en ese momento que apuraba a Jean Luc para que bajara. Así son los rituales, las costumbres que uno se construye. Yo los vi un día cualquiera desde el balcón decirse *«Bonjour»*. Disfruté la imagen, y luego cada mañana me apetecía ver la escena repetida. A Lucas, sólo le decía de buscar el pan. Solange era mi personaje, mi ángel solitario, sólo para mí. Una ilusión que no me miraba ni me hablaba. Una mujer misteriosa. Pero dime, Pessoa, el misterio de las cosas, ¿dónde está?, ¿dónde está para mostrarnos al menos que es misterio?

Un día, Jean Luc nos deja el *adieu*. Dijo *«Bonjour»* a esa otra señora con la que todos tenemos una única cita. Dije *«Bonjour»* a la tristeza, sin tener en cuenta a Francoise Sagan. Jean Luc eligió decir *«Adieu»*, estaba demasiado cansado. Se fue a otro balcón para no dejarme en este con la más pesada de las melancolías. Un balcón que hizo de su privada muerte un acto público, multitudinario. Eligió para morir una calle poblada de existencias ajenas, gente desconocida.

Desde entonces no busqué más al perrito doblar la esquina. Perdía el pan todas las mañanas. Temía acercarme al balcón. La calle se desdibujaba y era incapaz de convivir en mis mundos paralelos. Olvidé a todos mis personajes. El dolor de la señora que nombré Solange fue sustituido por mi propio dolor. No deseaba hablar con nadie, no deseaba ver nada más que la última sonrisa de Jean Luc, con mirada perdida en un sitio al que no logré llegar. ¿Cómo no pude adivinar que detrás de una sonrisa tan falsa se atropellaban tantas angustias? Me perdí nuestra vida por andar en ese balcón inventando vidas ajenas.

Una mañana sin fecha me desperté con ánimos para comprar el pan. Me tropecé con el perrito, la dama me quedaba enfrente. Mirar sus ojos grises me produjo unos incontrolables deseos de llorar y al mismo tiempo una alegría infinita. Hubiera querido decirle *«Bonjour»*, pero sólo esbocé una sonrisa profunda, una sonrisa a la que ella respondió con el sutil gesto de cabeza y el desplazamiento hacia la esquina por donde se perdió.

He repetido continuamente el acto cotidiano de buscar el pan cada mañana. Tal vez hemos cambiado nuestros horarios, tal vez no concentro mi atención en su presencia, pero no he vuelto a encontrarla en el camino a la panadería. Supuse que también ella había dicho *«Adieu»*, así, en una lengua ajena, un idioma no materno que asume como propio por convicción, por deseo, por identificación.

«Solange… Solange», repito desde el balcón, cuando las ausencias de ella y Lucas ya no me duelen, cuando las nostalgias comienzan a producirme las sonrisas de los gratos recuerdos.

Solange camino al cementerio con la multitud del desalojo a sus espaldas. Solange con su perrito atado. Solange, porque es su nombre.

Sí, es posible que los actos más sublimes y profundos ocurran en medio de las circunstancias más cotidianas y burdas. Es casi una certeza para mí. Estaba en la bodega, en mi turno de comprar la cuota de víveres. La bodeguera, Tula, pesaba mis chícharos, cuidando restarme la justa cantidad. Me entrega la bolsa y mirando a la puerta dice: «Buenos días, Solange, ¿cómo le va?».

Esa mujer para la que durante años inventé un nombre, está frente al mostrador de Tula con el perrito atado a la correa. La jaba de chícharos se escurre entre mis manos, repiqueteando a nuestros pies, al descubrir que esa mujer se ha llamado Solange desde su primer día en este mundo.

33

Sentada frente al televisor hojea una *Vogue*, prestada por una conocida, que se la prestó una amiga, a la que se la regalaron. Todas las horas no pueden disponerse para Kant y Hegel, también hay que mirar algo de moda y chisme extranjero para entretenerse y no pensar tanto. Revistas ilegales, que no venden porque representan al universo del consumo y esa esencia del capitalismo queda terminantemente prohibida, compañera. Prohibiciones que revientan en las entrañas un hambre voraz de consumo, de cualquier cosa. Ansias de tragarse lo desconocido, deseos insaciables de un

MÁS indeterminado, en los terrenos de lo tangible y lo intangible.

Mientras lee y disfruta cada imagen tiene de fondo sonoro al Noticiero Nacional, ese donde los pueblos de todos los países protestan y exigen siempre algún derecho, menos el de ella. Cada vez que mira al noticiero desea armar una revuelta, convocar a la gente, hacer huelga; es cuando pone *mute* hasta que llegue el parte meteorológico, porque sabe profundamente que eso nunca ocurrirá. El mundo está en crisis, hay guerras, hambrunas, cambio climático, pero en Cuba la salud y la educación progresan, la cosecha de papa es todo un éxito, y Fidel Castro es el Cristo de los pobres, aunque escuche a muchas madres quejarse de las faltas ortográficas de las maestras, a los viejitos que no hay sus espejuelos o la medicina que tanto necesitan, a toda Cuba rogar por una papa, porque no hay ni en los centros espirituales y la papa ayuda. Pero claro, cómo puede dejar de mencionar el bloqueo, compañeros, vil causa de todos los males de la isla… Han llegado las noticias meteorológicas, sube el volumen para enterarse si al otro día lloverá o hará un sol que raje las piedras o un frente frío o una tormenta tropical.

Interrumpe la lectura movida por una sensación de asfixia. *Vogue* va al piso, cae debajo del balance del sillón. Dentro de ella hay una oleada de tristeza y mal presagio. Es angustia ajena. Sí, le ocurre a menudo. Siente un dolor que no le pertenece, el llamado de alguien a quien no puede auxiliar. La desesperación ahogada de no saber a ciencia cierta qué trozo de universo se desvanece y le avisa. Sale al balcón a oxigenar las penas de esos otros que sin rostros la atormentan. Ya ves, *"la luna llena, el polisón de nardos. La luna me mira, mira, la luna me está mirando"*. Es un estado cíclico al que debía haberse acostumbrado después de tantos años, después de tantos plenilunios.

Cierra las puertas del balcón. Antes de llegar el reporte con mapas, chubascos, nubes, soleados, marejadas y grados Celsius, queda paralizada ante aquella periodista que le informa de un incidente no esperado.

La foto de esa muchacha con la que compartió un piso de residencia estudiantil. Múltiples planos de su imagen. Ella, desde todos los rincones del mundo que conocen sus pasos, que han escuchado su voz. La ve y no se alegra, sabe que esta vez no es para alegrarse. Antes de esa ocasión se entusiasmaba al encontrarla en la pantalla.

Desde que nos graduamos nos hemos visto poquísimo. Los sentidos de nuestras carreras son bien diferentes, y para qué hablar de nuestras proyecciones en la vida. En tres años has logrado ser una periodista de nombre, ya te casaste y tienes una niña hermosa que se llama Salma. Yo te decía que la mía se llamaría Selma, que quiere decir la paz.

Me encantó encontrarte hace tres meses en aquel hotel donde me invitaste a comer. Me reconfortó que fueras la misma, que no tuvieras ínfulas de famosa. No te niego que al escuchar tu historia de vida perfecta y sistémica me sentí una partícula de polvo, y al mismo tiempo me alegré por ti. Mi ritmo es otro, soy apacible y las multitudes me dan pavor.

Corte de imagen. Intempestivo corte que la sobresalta. De su imagen de muchacha joven que nos muestra el mundo a esa otra periodista de traje y seriedad impuesta, sentada en el estudio de televisión. Habla de ella en pasado, se le hará un homenaje, el pueblo la recordará por su sonrisa. Y sus lágrimas impiden escuchar el final. Sus memorias de vida estudiantil no se comparan con el reportaje de última hora, acompañado de una música para conmover. Ella se enternece en el silencio y la llora frente a la pantalla apagada.

Te lloro en mis recuerdos. Te lloro sin esposo y sin hijos. Podría haber ido yo por ti. El pueblo extrañará tu sonrisa. Yo no tengo rostro público, y nadie me espera en esta casa. Te lloro porque es lo único que me nace hacer, es lo único que puedo hacer. Te lloro porque de verdad valías la pena. ¿Será que las personas valiosas son las primeras en abandonarnos?

El llanto desdibuja mis memorias, los ojos caen como pesadas compuertas. Ahora espero que las dos podamos descansar en paz.

Busca un pañuelo en la gaveta de ropa interior, en la mesa de noche. Ese que ha tomado fue bordado por la abuela, un regalo por sus quince. El único recuerdo grato de ese cumpleaños inútil en el que intentó complacer a todos menos a ella misma. Pañuelito cursi, bordado por esas manos arrugadas que le acariciaron las penas infantiles, esas manos delicadas de piel marchita que la han impulsado a dar siempre un paso más.

El recuerdo de la periodista y la abuela son bordados en su memoria, enjugados en la tela blanca de florecitas e iniciales.

Se arropa, abrazada a la almohada, y antes de apagar la lamparita empuja la gaveta de ropa interior. Algo le impide cerrar. Otro de esos. Se quedará para mañana. Ahora sólo quiere descansar en paz.

34

Ejercicio # 5 para la memoria
Escriba y repita cien veces, en alta voz, la siguiente frase:
SUPRIMIRÁS LA SENSIBILIDAD
Suprimirás la sensibilidad. Suprimirás la sensibilidad. Suprimirás la sensibilidad. Suprimirás la sensibilidad. Suprimirás la sensibilidad. Suprimirás la sensibilidad.
Suprimirás la sensibilidad. Suprimirás la sensibilidad. Suprimirás la sensibilidad.
Suprimirás la sensibilidad. Suprimirás la sensibilidad. Suprimirás la sensibilidad.
Suprimirás la sensibilidad. Suprimirás la sensibilidad. Suprimirás la sensibilidad.
Suprimirás la sensibilidad. Suprimirás la sensibilidad. Suprimirás la sensibilidad.
Suprimirás la sensibilidad. Suprimirás la sensibilidad. Suprimirás la sensibilidad.
Suprimirás la sensibilidad. Suprimirás la sensibilidad. Suprimirás la sensibilidad.
Suprimirás la sensibilidad. Suprimirás la sensibilidad. Suprimirás la sensibilidad.
Suprimirás la sensibilidad. Suprimirás la sensibilidad.
LA SENSIBILIDAD.

35

«Cierra el postigo, no mires. Presenciar esa escena no te hace bien, sólo puedes llenarte de resentimiento y odio. Cierra tus ojos y visualiza la nueva vida que te espera junto al viejo amor», aconseja ella a su vecina de enfrente.

Es el tercer día de convivencia. Una semana antes amaneció con la vecina en su puerta, venía cargada de toda su historia en múltiples cosas. «Me tienes que ayudar», fueron las primeras palabras de un discurso atropellado en el que resaltaban: inmigración, visa, pasaje, inventario. Sin pedirle permisos previos, posibilidades, aceptaciones, entró la vecina empujando dos maletas y tres cajones, sobre los que rebotaban las palabras antes de caer al suelo. Luego vinieron el televisor, mesas, pinturas, escaparates, camas, un butacón a cuadros. Una mudanza completa en la que ella terminó ayudando aún sin lavarse los dientes y en pijama. Porque si bien le gustan las formalidades, las citas, los avisos con tiempo, está completamente en contra de esa regla inhumana de la que se sirven para sacarte de tu casa y despojarte de lo que creíste tuyo si tu destino es el norte imperialista, U.S.A. Te expulsan porque decides irte.

Una mudanza silenciosa en la que previeron arrastrar los artefactos grandes encima de sábanas para no hacer ruido y poner en alerta a los otros. Esa semana iban los de inmigración a inventariar las propiedades de su vecina, y a partir de ese momento no podría sacar ni un alfiler, ni siquiera el que le hubiera regalado su abuela, ese que prometió llevar consigo la vida entera. Los que se van deben despojarse de recuerdos, olvidarse de las cosas que han construido su historia, entregar sus viviendas aún sin haber abandonado el país. Te sacan unos días antes, para que dejes de estar incluso cuando no te has ido.

La vecina se había acostumbrado a esperar tanto que la sorprendió su punto final en la isla. Los de inmigración venían y ella hubiera preferido tirar sus pertenencias en el basurero de la esquina para no ver a los funcionarios repartiéndose el colchón sobre el que soñó durante años, o el refrigerador donde guardó la prohibida carne de res, obsequio de sus pacientes, o la comadrita donde su tía Fela tejía a croché.

Entregaría el vacío y unos trastos viejos, algunos de ellos intercambiados con la muchacha, porque no puede dar la casa completamente vacía. No le permiten vender ni regalar la casa, le deja en herencia a la muchacha un almacén personal para elegir lo que desee quedarse, vender o regalar. A cambio se quedaría allí esa última semana en la que era expulsada de su vivienda. Dejaba un apartado para sus parientes de Santiago, protagonistas de una miseria tan arraigada que ya no es reconocida como tal. Miseria cotidiana al doblar de cada esquina, detrás de tantas puertas. Miseria extendida e implacable que le impide a la gente comparar y darse cuenta de que la vida es algo más que un pan, un jabón y una botella de aceite.

Los parientes de La Habana no se merecían ni un jarro de aluminio. Además, no le hubieran podido hacer sitio aunque hubieran estado en paz pues vivían cuatro en un cuarto de solar, como los nichos colectivos del cementerio.

La vecina cierra el postigo e invita a la muchacha a un té con limón (tres días le bastan para sentirse en su propia casa). Ha visto lo que quería: los nuevos dueños de su casa; hay dos niños y la mujer parece sumisa, pero agradable. El hombre seguramente ocupa un puesto de turno. Tiene cara de venirse nada más con meterla, pero luce noble y servicial. «¿Quién sabe si hasta saliste ganando?», bromea mientras pone el agua a hervir.

El ruido de martillo, taladro y muebles buscando su lugar invocan la conversación en torno a las nuevas vidas, los capítulos recién abiertos, el futuro esbozado. Las paredes que durante años la cobijaron y le expusieron la decoración que mejor le parecía, vestirán ahora nuevos colores y exhibirán otras fotos de familia, otros diseños, otros recuerdos. Esos nuevos dueños construirán nuevas metas e ilusiones en el mismo espacio que unos desconocidos ausentes tejieron sus vidas durante años. Allí, donde dejaron sus olores, temores, sudores, dolores. La casa nueva de esa familia que decora y estrena es el hogar viejo de una mujer que parte y unos que ya están muertos. La nueva historia de ella acaba de comenzar. Aún la espera un aeropuerto, una nueva casa en un país desconocido, una nueva cama para compartir con un viejo amor.

Miguel Ángel la había abandonado siete años atrás, sin comentarios ni cartas, para aventurarse en el mar, buscando la tierra prometida. Un lugar donde no lo atormentaran los discursos, la comida no fuera un lujo, y poseer un auto dependiera sólo del bolsillo.

Miguel Ángel la había dejado sin promesas, navegando con la muerte encima, suministrando centímetros cúbicos de agua en la comisura de los labios, con una jeringuilla; quemándose la piel y los recuerdos que pudieran entorpecer el nuevo horizonte.

Se querían hasta los huesos, pero sólo pensar en los hijos que tendrían sin buena alimentación, ni juguetes, ni colores, ni paseos; eligió la ausencia, el silencio, perderse sin noticias durante esos siete años.

Cuando volvió a tocar a su puerta ella fue incapaz de pronunciar una sola palabra del discurso que construyó cien veces, el que ensayó frente al espejo y archivó en cada cuadro del butacón. Cuando lo tuvo enfrente se le desvaneció el resentimiento y lo trocó por vergüenza de su prematura vejez, su imagen gastada y su ropa mustia.

Miguel Ángel volvió para explicar con calma, saldar deudas sentimentales, comentar lo presente que ella estuvo en su ausencia, pedir comprensión y, si era posible, amor.

Hubo portazos, llantos, silencios. Teléfonos reprimidos por manos temblorosas de mujer. Teléfonos desesperados de hombre insistente. Tarjetas bajo la puerta. Ramos de flores fílmicas. Bombones entregados por un niño de risa desdentada. Perfumes que ella, con su profesión de enfermera, en una sala de cirugía cardiovascular, nunca hubiera podido permitirse. Sólo le faltaron los peluches para ser típico y reiterativo. Pero cada quien imprime su propio sello. Su particularidad era la petición que decía en cada regalo: «Dame una hora». Y realmente con esa hora bastó.

Cuando ella accedió a subirse al auto para turistas, mucho más segura que en el primer encuentro, vestida con su mejor perchero y con el pelo y las uñas recién arreglados, estuvo accediendo sin saberlo a visitar su pasado. Cada rincón inolvidable: las rocas a orillas del mar, el guarapo de Bartolo, la pizzería en ruinas de Sonia (muerta como su dueña), las callecitas con olor a viejo y tristeza, las butacas del cine, chirriantes y sudadas. El traguito del bar que sufrió un cambio de moneda, las florecitas robadas del jardín (ahora sin vigilancia ni belleza), el revolcón final sobre las hojas de árboles viriles y yerba fresca, al atardecer, cuando el cielo se pinta de rosa y malva, cuando los pájaros se esconden en las ramas, cuando los amantes agotan los recuerdos en besos y humedades.

Una hora bastó para convencerla de continuar multiplicando las horas de ese día y todos los demás. Una hora bastó para estar seguros, los dos, cada uno en silencio, de querer compartir con el otro la vida entera.

Más de tres años tuvieron que esperar para cumplir todas las promesas que se hicieron el día en que ella accedió a darle una hora. Si hubiera dependido de ellos, habrían subido al avión con olor a tierra, yerba y sexo. Ella hubiera dejado los recuerdos de su casa, para vivir a plenitud los recuerdos de su cuerpo en ese instante. Pero un Gobierno tiene el poder de deshilar tus sueños y pasiones. Su profesión perteneciente al Ministerio de Salud le impedía viajar sin una carta de No Objeción o Liberación, firmada por el Ministro.

Liberación: cuando te conviertes en un número de resolución y puedes empezar trámites migratorios. Liberación ajena a toda libertad. Liberación numérica, como los presos. Número que te identifica más que tu nombre para esos funcionarios. Tres años es el tiempo mínimo para recibir esa firma del Ministro-Dios, que juega con los destinos como marionetas. Cuando llegas al final del camino, te han despojado, no sólo de tu casa y tus cosas. Te han arrancado un tiempo de vida y a cambio te inoculan odio, rechazo y maledicencias.

Le brindaron un puesto de oficina y le prohibieron atender pacientes. Entonces el butacón a cuadros de su sala se transformó en el regazo donde dejaron penas, temores y crisis un grupo de personas agradecidas, que para compensar las inyecciones, tomas de presión y curaciones, dejaban a los pies del trono de la lamentación, víveres para comer decentemente o dinero debajo del cenicero de cristal de Murano.

Tres años tuvieron que esperar para que ella fuera un número de liberación. Tres años son más de mil días, y si a Sherezada le fue perdonada la vida en mil y una noches, a la vecina enfermera le marcaron la vida con sabor amargo en sus tres años de espera tortuosa, al margen de los deseos de su propia vida.

36

Con la misma abulia de aquel muchacho atropellado en la Calle 12, el hijo de la dama del perrito, nuestra muchacha se ha dejado caer sobre el butacón a cuadros, ex propiedad de la vecina. Las imágenes se repiten a través del tiempo, los estados de ánimo equiparan a los desconocidos. Somos todos lo mismo, aunque el espacio y el tiempo no hagan su intersección en nuestras historias personales.

La muchacha no se adapta a la disfuncionalidad del sistema, al poderío de los imbéciles, a la mediocridad dominante. No puede aceptar que la vida continúe sin poner las cosas en su sitio. Para ella el orden es la primera ley del Cielo. Está fuera de lugar, no conoce los códigos y continuará al margen. Además, estos días compartidos le han revivido el tiempo en el que tuvo amigas y conversaban de todos los temas, escuchaban música y cocinaban. Nunca hubiera imaginado que esa mujer que tuvo tan cerca durante tanto tiempo, y a la que creyó tan distinta de ella, y por tanto no intentó abrirle su mundo, ni crearle un espacio, fuera una persona con la que pudiera tener armonía y sentirse a gusto. Lamenta el tiempo perdido, la estrecha relación larga que disolvió por clasificar con estereotipos, por no permitir una oportunidad cuando todavía la ausencia no era una certeza. Puedes encontrarte un maravilloso ser humano, aunque no te guste su forma de vestir, ni se exprese con tus palabras, ni tenga tu misma proyección ante la vida, ni te guste su nombre. Cuando años atrás se conocieron y la vecina con un beso de bienvenida le dijo: «Yudisleidi», nuestra muchacha puso una barrera. Sin embargo, en estos días la bautizó con un Judy que la hace sentir más cómoda, por lo que la del nombre enrevesado ni se inmuta, acostumbrada a ser llamada así, o Leidi.

A partir de ahora intentará levantar bien sus antenitas para identificar a la gente más allá de su superficie. Se equivocó y ya no hay marcha atrás. Con Judy le quedará lo mismo que con sus otras amigas: correos electrónicos, cartas, alguna llamada, paquetes y buenos recuerdos.

Las imágenes se repiten a través del tiempo. A esa misma hora, en varios rincones del mundo seguramente están varias mujeres entre los brazos de butacones a cuadros, rayas, estampados o color plano. Los estados de ánimo equiparan a los desconocidos. Mujeres arremolinadas, abúlicas. Somos todos lo mismo, aunque el espacio y el tiempo no hagan su intersección en nuestras historias personales.

—¿Estás deprimida? —Judy se para delante, cruzados los brazos, con cara de parecerle inútiles esos estados.

Ella le devuelve una lágrima muda, un parpadeo diminuto. La enfermera busca el estetoscopio y el tensiómetro.

—Debes tener la presión baja. Déjame comprobarlo. Si es así, nos hacemos un café. Si quieres puedo enseñarte a tomar la presión, te dejo en herencia esto. Con la química que tienes con los viejos será una buena herramienta para ti y una bendición para ellos. Así me iré tranquila, sin sentir el peso de los que se creen imprescindibles.

—Nadie es imprescindible, siempre habrá una segunda opción. ¿Cómo sabes que tengo imán para la gente mayor?

—Los balcones, que son tremendos chismosos, y la cuenta de tres años casada con un hombre que triplicaba tu edad, ¡qué raro era ese francés! Si no fueras medio rara también, no podría explicarme cómo lo soportabas.

—No quiero hablar de él. Enséñame a usar eso. Antes de irte voy a pasar la prueba con Ramiro y María. Verás que soy una alumna sobresaliente.

Después de la lección preparan un café y conversan sobre los amores y la soledad.

—Pablo fue un fracaso y para colmo me dejó muy mala vibración. Después de él no he conocido a nadie que valga la pena. El que no está desesperado por colárseme en la casa está casado, es homosexual, o está preparando papeles para irse. No hay hombres disponibles en La Habana. Para una mala compañía prefiero estar sola.

—Como dijiste hace un rato, siempre hay otras opciones. ¿Quién dijo que todo está perdido? Además, no tienes que encontrar al definitivo, al gran amor, puedes entretenerte. Pinga y dinero, mi amiga. Es el mejor tratamiento para la depresión de una mujer. No te calientes la cabeza. Toma el teléfono, llama algún jevito que te alegre el día. Una siempre tiene quien responda a emergencias. El que ya conoces, el que está por probar, el que te sonrió y te dio el número, pero no lo llamaste, el que te habló de cualquier tema para impresionarte, menos de lo que más ansiaba en ese instante.

—El que se dio tremenda promoción y con la boca hecha aguas lo llamas y resulta un chasco, el que va directo a tocarte entre las piernas cuando prefieres mayor sutileza, el que no acopla bien en tu vagina porque es talla S o XL, el que te quiere coger el culo a la primera, el que te quita las ganas con metáforas.

—El que no puede invitarte ni a una cervecita en M.N. Por eso digo: Pinga y dinero. A veces vienen en una misma píldora y resulta así mucho más eficaz, con menos contratiempos. Pero para ir resolviendo, con lo primero tienes.

La muchacha la retroalimenta con gestos oculares y sonrisas esbozadas. No dejan de sorprenderla los profesionales de ese país, capaces de hablar como marginales y al mismo tiempo dominar teorías científicas y tener maestrías y doctorados. Este es un pueblo ecléctico. Ella no es rara.

—Dime… ¿Cuál es la mejor dieta? …Pinga y disgusto. Hay que ver lo positivo en todo. Con esta receta te mantienes en la línea, a la moda, con la piel sana, el pelo y los ojos brillantes. Mírame a mí. Lo que me recetó el médico, y eso que Miguel Ángel se fue de aquí hace un mes. Si hubiéramos sabido que me iba a llegar la liberación…

—No tengo deseos de tener sexo y terminar con deseos de meterle un empujón al infeliz, decirle que se vista y se vaya. Tampoco quiero conocer alguien nuevo. Estoy cansada.

—Te entiendo. Ahora dime, ¿cuál es la diferencia entre la pinga y la vida?

—Que la vida es más dura…

No tiene más opción que reír a carcajadas. Recogen las tazas de la mesa, eligen el disco en que varias mujeres cantan a Sabina. Ha recordado lo reconfortante que resulta escuchar música. Se había sumido en el silencio y los discos se empolvaron. En estos días los limpiaron juntas y los hicieron desfilar por el reproductor. Cuando vuelva a estar sola, tendrá presente que aún le queda la música.

—Preparo yo la comida, quiero despedirte con una mesa bien puesta y un vino abierto con tu sacacorchos.

En la sartén dos filetes de pescado con abundantes ruedas de cebolla se doran a fuego lento; detrás hierven unas papas que serán apachurradas con mantequilla y leche. La ensalada de habichuelas, zanahorias y tomates reposa bien aliñada en el refrigerador, junto a un flan. Apoyada en la encimera, nuestra muchacha observa la cocción y piensa por un instante en las incineraciones, luego en las hogueras para brujas y, finalmente, bebiendo un vaso de agua, en la deliciosa aguja que comerían en breve.

Sentada a la mesa del comedor, entre copas, porcelana, servilletas y cubiertos de plata, Judy da los últimos retoques a su arreglo de uñas, esmalte rojo vino.

37

Ejercicio # 6 para la memoria.
Escriba y repita cien veces, en alta voz, la siguiente frase:
NO TENGA PLANES Y MUCHO MENOS ILUSIONES.
No tenga planes y mucho menos ilusiones. No tenga planes y mucho menos ilusiones. No tenga planes y mucho menos ilusiones. No tenga planes y mucho menos ilusiones. No tenga planes y mucho menos ilusiones. No tenga planes y mucho menos ilusiones. No tenga planes y mucho menos ilusiones. No tenga planes y mucho menos ilusiones. No tenga planes y mucho menos ilusiones. No tenga planes y mucho menos ilusiones. No tenga planes y mucho menos ilusiones. No tenga planes y mucho menos ilusiones. No tenga planes y mucho menos ilusiones. No tenga planes y mucho menos ilusiones. No tenga planes y mucho menos ilusiones. No tenga planes y mucho menos ilusiones. No tenga planes y mucho menos ilusiones. PLANES, ILUSIONES. **PLANES, ILUSIONES**

38

Los signos de puntuación son un reflejo de lo que ocurre en la vida del más común de los mortales. Damos un punto final, o preferimos continuar y convertir una situación de una línea en un párrafo entero, y hasta en varios párrafos. Tenemos comas a diario, puntos y coma algunos fines de semana, puntos suspensivos desde que nacemos, interrogaciones que nos guardamos para no escuchar a quienes exclaman, comillas irónicas o estereotipadas, paréntesis que nos permiten respirar, validar explicaciones que alivian la existencia, que nos motivan.

Le permitiremos a esta muchacha ecléctica un paréntesis para que viva, como el más común de los mortales, todos los signos de puntuación junto a esa persona que está tocando su timbre.

Dos días, tres correos

"Así cada tren me trajo el imposible al alcance de la mano. Hasta que me di cuenta que en este viaje todo pasajero es pasajero".
—Mario Corradini
(La leyenda del sagrado bebedor)

39

Con el mismo desgano con que tiro la bolsa de basura, tiré sobre la cama mis intensos veintiséis años escondidos en mi apariencia adolescente. Rememoraba un texto de Tzara en el que no te cansas de gritar. Al evocarlo, Edvard Munch acudía a mi rostro para demostrarme, en silencio, que el pensamiento se forma también en la boca.

Me sentía incómoda, agotada por tanto calor húmedo, por las empinadas escaleras de mármol sucio, el trabajo de oficina, los techos al desnudo sobre paredes que no han visto la pintura en medio siglo, el salario simbólico, la ausencia de motivación, la imposibilidad de ver frente a frente los cuadros del pintor noruego que reviven en mi interior. Estaba cansada de la soledad diaria al girar la llave en la puerta de casa, la soledad acompañada al alejarme de la puerta de casa.

El timbre sonó. Maldije, me alegré y hojeé mentalmente un catálogo de posibles visitantes. Ni idea. Desde el balcón vi a Rodrigo Straforini saludarme con la sonrisa más fotogénica que he visto. Las de revista podrán ser perfectas, pero no tienen encanto. Su fisonomía coincidía bastante con la que había inventado dos días antes, cuando de él sabía sólo su nombre. Hacía énfasis sobre todo en el detalle de las manos y la sonrisa, no podría tener otras manos u otra sonrisa que aquellas que yo le inventé. Qué sorpresa cuando lo vi de cerca y confirmé mi creación. El caballero idílico que mi imaginación fue transformando.

Rodrigo entró a mi casa como un tímido dueño del mundo. Toda la prepotencia, la altanería y el egocentrismo tras su rostro afable se mostraron ante mí de golpe, cuando le dije que la carta que venía buscando no había llegado a mis manos. Comprendí su nerviosismo, pues viajaba a su país en dos días y esa carta le permitiría su regreso para continuar estudios. De todas formas, yo no merecía ese escándalo, no tenía relación directa con el asunto, estaba haciéndole un favor. Una conocida es la funcionaria que debió haberle entregado la carta en tiempo. Los habituales atrasos en firmas y cuños fueron sorprendidos por la muerte de su madre en Cienfuegos. Salió a toda prisa, dejando el mensaje equívoco en la residencia estudiantil de buscar el documento en mi casa. Intentó facilitarles a los estudiantes la recogida del papel: nuestras casas y la residencia estudiantil están en esta Calle 12, pero las conexiones fallaron y no tuve las cartas. El ministerio está más lejos y tomar mi casa de oficina es un atrevimiento que para ella es compañerismo, solidaridad. Yo no me negué ante su pérdida y el largo viaje que le esperaba (las guaguas, la terminal, los pasajes a sobreprecio).

Cuando Rodrigo me permitió hablar le propuse llamar a Lourdes a Cienfuegos e invitarlo a un café. Aceptó con mirada dudosa y boca avergonzada.

Se proyectaba muy varonil, con una nariz de *"érase un hombre a una nariz pegado... érase una nariz superlativa...".* Los narizones son mi debilidad. No todos, por supuesto. Hay narices que no le van al cuerpo que las lleva, o a las palabras de la boca que las sostiene, o a la mirada que bifurca. Un estilo específico no tengo. Rodrigo me pareció atractivo, un machito lindo que para mí tenía un defecto: era argentino.

He amado a medio mundo. Y mi amor no ha estado nunca circunscrito a esa economía subterránea sobre la que se sustenta el desarrollo en esta isla. Amando he vivenciado las más profundas experiencias antropológicas. Las teorías de "el otro cultural" han devenido mi práctica de "el otro corporal". El territorio del cuerpo es capaz de pactos imposibles de zanjar por nación alguna, desmorona fronteras, desdibuja las distancias culturales. A través del cuerpo se burlan los prejuicios sociales, las tradiciones, las conciencias históricas. El cuerpo es también el más peligroso territorio por el que transpiran las relaciones de poder más básicas, las angustias que castran más que cualquier guerra, las ilusiones desnutridas, los conflictos más complejos. Porque aunque te duela, África, el Amazonas, los arábicos-pérsicos, tú te desgarras en tu cuerpo, él es quien canaliza tus penas profundas, las que nadie ve, las que no saben de la existencia de los *media*, las que no conllevan a discursos y cumbres.

He amado a medio mundo, pero ante los argentinos me creé siempre barreras. Aunque disfruto oírlos hablar mi idioma con acento diferente, con boludos, minas y terminaciones verbales que en mi lenguaje no existen. Aunque disfrute la amargura del mate. Aunque Mafalda y yo tengamos en común algo más que el disgusto por la sopa.

Argentina es una voz imprescindible al hablar de cultura latinoamericana. No lo digo yo, ni ellos mismos, que no se trata de un chiste sobre la egolatría. La literatura, el cine y la música argentina tienen su lugar en la historia y son parte de mi vida cotidiana, pero un argentino... eso es un punto y aparte.

El día anterior vino Joaquín. Un argentino que naturalmente no creció en Buenos Aires y que Rodrigo conocía sólo de lejos. A Joaquín también lo invité a un café. Conversamos, fumamos, reímos y nos dijimos adiós con la promesa no certera de vernos en otra ocasión. Joaquín podría haberme gustado, pero preferí disponerme a que no. Fue evidente que yo llamé su atención; si no, por qué sus dudas, por qué preguntarme cómo llegar al aeropuerto si se quedaba un poco más conmigo y dejaba ir el taxi que alquiló con sus amigos.

Presentía que un argentino en mi vida sería una trampa que yo misma me pondría. Caería en las redes de una comunicación fluida a base de emociones, metafísica y psicoanálisis, para luego fragmentarme contra el vacío. No me puede gustar un argentino. Que se queden en las películas, los libros y los tangos.

Llamar a provincias es un difícil examen de paciencia. ETECSA, las siglas de la compañía telefónica seguramente indican: Estamos Tratando de Establecer Comunicaciones Sin Apuro. *"Repita la llamada, hay congestión en las líneas"*. Colgué el teléfono, él no estaba cerca. Lo encontré con cara de embrujado en una de las salas. «Qué magia tiene tu casa, ché...». Con sus palabras los techos, las paredes y la casa toda dejaron de dolerme. Me sumergí en esa magia que yo sabía existente, la magia que construía con la ilusión de que el universo es fragmentario, y los sueños una realidad particular. Creyéndome museógrafa lo invité a un recorrido, me esmeré en explicaciones, me detuve a recrear historias. Enfaticé en artefactos que sabía lo enloquecerían, otros destinados a turbarlo. Terminé en el comedor, con el café en las tacitas de colores, sin platos.

Después del café me dispuse a fregar. Los fregaderos sucios me resultan una imagen demasiado deprimente. La pila no cerró. En estas casas viejas siempre se rompe algo. Salía agua por todas partes, y yo enojada hablé de continuo tanta bobería que no me percaté cuando él salió de la cocina para regresar con mi caja de herramientas. Aquel detalle me dio deseos de llorar (te permito la burla). Demostraba que era observador y que por fin a no todos los hombres hay que repetirles mil veces que se ocupen de una reparación doméstica. Ese estudiante de biología había sido obrero, me lo explicó ante mi sorpresa por su trabajo tan profesional.

Volví al teléfono. Mientras yo marcaba, él me observaba, sonreía, decía que venir por la carta inexistente era lo mejor que le había pasado en su vida. Yo lo miraba con gestos de incredulidad, le decía que era demasiado pronto para empezar a ser tan argentino.

Habló por fin con Lourdes, supo qué debía hacer, no le quedaría más tiempo en mi casa. Al colgar supe de sus manos heladas, su corazón a punto de salirse, su imposibilidad de hablar en el próximo minuto. Creí que no le firmarían la carta, pero pronto supe que su comportamiento no tenía que ver con la burocracia. Sus nervios se debatían en el límite de la futura situación a punto de ocurrir. Ambos estábamos transitando por laberintos mentales, probabilidades efímeras, historias concluidas aguardando principios. La mirada que nos cruzamos tuvo un poco de todo eso. Fue cuando dijo que estábamos locos y que yo lo superaba, lo cual le parecía admirable. Para completar el elogio que hacía de mi locura inicié un discurso sobre las tantas veces que me han llamado loca. Le hablé de mis gustos, mis obsesiones, conceptos que tenía claros, ideas que tenía turbias.

En un instante de silencio me atrajo hacia él, dibujó mi boca de Betty Boop, acarició unos cuantos rizos de mi pelo, la silueta que traza mi cuerpo desde los hombros hasta las curvas. Reviví la ternura de cuando amé por vez primera a los diecisiete. Un par de veces rocé sus manos, su pecho lampiño, perfecto, la fisonomía de europeo mezclado. Él sonreía, se detenía, comenzaba por donde menos lo esperaba. Entonces la nerviosa fui yo, la de las manos heladas, el corazón sofocado, el mutismo. Acostumbrada a tener el control, no soporté aquel estado. Interrumpí bruscamente. Le hablé de un libro de Bukowski, un disco de Ismael Lo, las películas de Isabel Coixet... Él me miraba sabiendo que ya me tenía entre sus redes, yo me esforzaba por escurrirme triunfante. Inevitable el abrazo por detrás, sus labios casi imperceptibles sobre mi cuello y yo hablando sin parar, simulando querer soltarme... y las manos recorriendo volátiles cada rincón. Y yo que no estaba para aventuras, que nada serio saldría de un instinto pasional, que era un desconocido y definitivamente mi cabeza no estaba sobre los hombros, se la regalaba a ese hombre con todo lo que tenía dentro.

Cuando volví a pensar nos habíamos besado con pasión, con timidez, con desesperación, con calma.

Qué me importaba si era argentino o del planeta por descubrirse, era el hombre de mi vida, así de cursi. Rodrigo me devolvía los sentidos que creía perdidos. Recién me despertaba de un letargo en el que me había sumergido tras la ruptura nada amigable con Pablo. Con él había compartido mesa de comedor, este techo roto, el televisor, su computadora para trabajar después del trabajo y la cama para dormir, roncar, tropezar. Comprobaba en un instante que no me había vuelto asexual. No obstante, estaba dispuesta a disciplinar esas veinte revoluciones que me estallaban dentro. Rehusaba ser la que siempre está dispuesta, la que nunca dice no.

Con el pretexto de buscar cigarros iría a la calle. Preguntó por una farmacia, lo que me hizo suponer la compra de condones, sin averiguar antes si yo tenía. Definitivamente era machista, pero no me irritaba. Incluso disfruté aquella actitud de mujercita latinoamericana estereotipada, sin protestas en defensa del criterio, que afloró en la misma piel de quien tanto critica a los machos. Este sentir se prolongó. Me tomé en serio el personaje y con su tardanza pensé: *Se quedó bebiendo, o se fue con otra.*

Esperé durante la llovizna, la lluvia a cántaros. Estrené mi voluntad de Penélope y lo recibí mojado, con un pan al hombro. Me nombró Mujer y en un instante fui todas las mujeres del mundo. Las que fueron, las que son, las que serán. Fui Eva sin imagen concebida, Juana con el rostro que le dio Dreyer, Salomé en la pintura de Guercino, Santa Teresa en éxtasis. Estuve deforme y arcaica como la Venus de Willendorf; victoriosa, descabezada y con alas como la Niké de Samotracia; abrazando al infinito como la mujer hallada en Melos. Fui Mesalina, Safo con un hombre enfrente, la Malinche traicionando a la traición, la diosa de los ríos riendo a carcajadas. En menos de un segundo fui rubia como Marilyn, negra como Josephine, de ojos rasgados como Yoko.

Sonreí con la boca de mi madre, miré con los ojos de mi bisabuela Alicia, hice un gesto de mi tía Laura. Callé con el silencio de la hija que no tengo.

Volvió a llamarme Mujer y me deshice a sus pies; presta a usar mis cabellos como la Magdalena, guardando mis criterios varoniles detrás del delantal.

Supo cuánto me gustaba que me nombrara de aquella manera y hubo una tercera vez. Y yo me fui al comedor, sin mirar atrás para no ser la mujer de Lot.

Encima de la mesa puso todas las provisiones: pan, una caja de condones y doce huevos. Los hombres que cruzaron el umbral de mi casa siempre vinieron con las manos vacías. No los tuve nunca como proveedores. Nunca había disfrutado ese placer femenino que viene desde los ancestros. Dejé fluir mi sentido primitivo, deseé complacer aquel hombre básico que me puso sobre la mesa, no las cartas, sino el "mamut" del día.

Busqué una toalla. Comencé secando su cabeza desde el límite de la frente hacia la nuca y en el sentido contrario. Lo que vino después no te lo cuento con detalles. Si comenzara a enumerarte los recorridos de las lenguas, las manos, los sexos; el gusto de los humedales, los rostros transformados en sus múltiples versiones, los abismos en los que terminamos sucumbiendo, concluirías algo parecido a mí: que la sexualidad es en apariencia un mismo molde, las variaciones sobre un tema reiterativo. Lo que te hace creer que es diferente sólo pueden sentirlo esos dos que están compartiendo ese momento. La imagen es descriptible. La trascendencia del acto no tiene palabras.

Rodrigo y yo teníamos una red completa de hilos invisibles que nos creaban la ilusión de unicidad, de la ocasión irrepetible. Sabía cómo tocarme, tenía la justa frecuencia del roce, las precisas alternancias. No le hizo falta mi discurso explicativo, mis demostraciones, mi teoría con clases prácticas simuladas. Fue capaz de lograr el justo matiz de sutileza que sólo yo conocía a la perfección. Disfrutaba de un cuerpo sin recrear imágenes y textos en mi mente. Con él no sería la primera vez del placer en compañía, pero siempre había tenido que acudir a la técnica de mi antiguo placer en solitario: la mente, el mayor de todos los poderes. Los sentidos fueron autónomos y mi cabeza pareció quedarse atrás. Pero el eterno retorno no me abandona y cuando entró rehíce tres largometrajes de ritmo sofocante y una sarta de groserías se confundió en mi cabeza, hasta sorprenderme diciéndolas con mi voz. Soy incapaz de usar un lenguaje así en la vida ordenada y correcta que llevo. Sin embargo, para lograr placer necesito el caos. Esa técnica no era nueva, lo novedoso era que la compartía.

Él no hablaba, hacía gestos faciales no estudiados, pero no decía ni una frase. No sé de dónde vino la corriente que me electrizó, pero un bofetón como aquel no había dado nunca. Quería que me hablara, historias con otras o insospechadas fantasías imposibles, pero que me privara del monólogo. Sentía que, pese a mi descontrol, la situación no se me iba de las manos, era yo la que lo conducía. Qué giro insospechado cuando al fin habló. Cuando me empujó, me subyugó y me hizo transitar un *vía crucis* de más de catorce estaciones. Le creí al decirme que me mataría, que me partiría en ocho. No tuve otra reacción que quedarme muda, muerta de miedo y completamente babosa entre los muslos. Sintiendo correr la textura viscosa de un huevo, la masa del pan modelándose a mi imagen y semejanza. Derribada, hecha polvo, convertida en un minimizado objeto del deseo. La que siempre había tenido el control, estaba tirada sobre la mesa, adolorida, con un nudo en la garganta, repleta de marcas superficiales y profundas. Lo odiaba y lo amaba. Si hubiera tenido fuerzas lo hubiera matado y en el mismo instante hubiera llorado a gritos su pérdida.

La vitrina guarda la memoria de aquel acto. En ella nos reflejábamos, aunque no reparábamos en nuestros cuerpos duplicados. Aquel reflejo debió describir con precisión nuestro acto de amor. Entre las copas, el espejo de fondo y los vidrios dibujados, se documentaba el diálogo de nuestros cuerpos: fragmentado, frágil, cortante, transparente...

En la bañera jugamos como niños, como dos ciegos que descubren los colores, como un par de videntes en una realidad que otros son incapaces de percibir. Me bañó, de la forma que lo hará con sus futuras hijas. La esponja repleta de espuma fue más tierna que sensual. Los besos fueron en las mejillas, en los ojos, en la frente. Y yo me sentí Lolita arrepentida, Lulú antes de ser rasurada. Lo bañé, no como a un hijo, sino con la devoción de las mujeres antiguas que limpiaron a sus maridos venidos de la guerra.

Tras borrar con agua las huellas del dolor y del goce nos fuimos a cocinar los huevos. Nos fuimos a ser cotidianos y perfectamente sincrónicos. En la cocina, el lugar más chico de esta casa enorme, no tropezamos, ni por un instante fuimos divergentes. Nos complementamos sin palabras intermedias, como si preparar juntos la comida fuera un ritual de siglos.

La sobremesa fue en la terraza, nos asomamos al balcón y él comentó emocionado lo cubano que se había sentido en la cola de los huevos. Durante su comentario me recorrió un aire frío desde las piernas a la garganta, clavándose en el estómago. Linda la experiencia cuando es la del otro, cuando no te toca las tripas. Me molestan los extranjeros que asumen la condición de ser cubano en un par de estereotipos, sobre todo los estudiantes latinoamericanos que toman distancias, mientras están aquí viviendo gratis, educándose y cultivándose gratis. Me rompe esa manera en que asumen como un juego todo lo que a mí me golpea. Con mi país ocurre como con mi madre: me peleo con ella, le grito, la insulto con verdades crudas, pero no acepto que alguien venga a decir ni la cuarta parte de lo que digo yo. Lo mismo me molesta que la exalten como si no tuviera fisuras.

Fue nuestra primera y única discusión. Hubiera preferido pelearme por algo con más sentido, como las gotas de agua en el suelo del baño, el color de los platos en combinación con la comida, mis manías de perfección, mi obsesivo orden, la falta de sal en la comida. Si fuera cierto lo de medir el amor por la cantidad de sal, entonces jamás me he enamorado. La sal estaba en mis heridas, en sus criterios sobre el marxismo, Fidel, las reformas sociales, el mitificado Che. Sal, era lo que le faltaba a mi vida, lo que le falta. Sal (de salir) es lo que no me permití una vez dentro de aquella pelea tensa en la que él quedó paralizado, atento a mi voz cargada de insultos y resentimientos. Una voz con modulaciones nuevas, carente de seducción y bondad. La voz de los angustiosos gritos ahogados sobre la cama justo antes de su llegada.

La noche hizo silencio en mi bulliciosa calle, las farolas todas apagadas, la mayoría de las casas encendidas. Me detuve a mirar al pavimento mojado, las sombrillas, los autos eventuales. Él estuvo a mi lado toda esa eternidad y tres minutos más. Los dos apoyados en la balaustrada. Interrumpió el silencio hablando de mi condición de latinoamericana, de lo injusta que era creyendo que todos eran iguales, de sus planes al graduarse, de Misiones.

Es cierto que de manera formal soy latinoamericana y también caribeña, pero aquí dentro uno se siente el bicho raro, el satélite que no hace parte. Aquí somos cubanos, vivimos aislados en una isla con fronteras a las malditas circunstancias, creyéndonos los padres y madres de cuanto indio, negro y marginado se pierda por el mundo; recibiendo hijos pródigos y vistiendo, no precisamente santos, con los vestidos que nos quitamos nosotros mismos.

Él me hablaba de su sueño de volver a Misiones, de su niñez a lo salvaje, sus corridas descalzo, casi desnudo. Por ese instante Misiones fue sólo su descripción, su voz, sus recuerdos. Mi memoria prodigiosa olvidó a Quiroga y sus cartas desde la selva. No tuve en cuenta al escritor que a los ocho años me indujo a buscar en el diccionario la palabra "suicidio".

Le conté mi genealogía de biólogos comenzando por un tatarabuelo, pasando por un tío de mi abuela que se fue a vivir al Amazonas y nunca volvió a la isla, hasta terminar en mi madre. La biología y la selva, no serían nuestro único punto de contacto. Rodrigo se llama mi padre. Casi no lo conozco, pero se llama Rodrigo. Tarareamos textos que surgían al unísono sin coordinación previa: Charly, Spinetta, Calamaro, Fito intercalado. Mis preferidas de Sabina que también eran las de él. Destejimos las coincidencias inimaginables. Asociamos nuestras vidas, incluso en la otra vida. Nos identificamos tanto que creímos cierto el mito del andrógino. Plenitud y vacío del encuentro.

Una estrella fugaz y entre Orión, las Pléyades y las Osas mi deseo incumplido comenzaba a realizarse. El vestido azul de florecitas se deslizaba despacio hasta llegar a la cintura. Compartimos nuestros olores y líquidos con la ciudad, desde mi balcón. Un argentino había tocado a mi puerta para quitar mis cerraduras oxidadas, liberar los deseos retorcidos a golpe de esconderlos, sudar por la humanidad, gritarle que en nuestro acto estaban todos implícitos, que dos pueden hacerse uno y también los fragmentos de un pueblo entero.

Cuando nos fuimos a la cama eran cerca de las tres, y a esa hora no creas que dormimos. Leímos a René Char y otros tres poetas que él no conocía. Perdía la conciencia con los versos... *"Comunicación que se ultraja... El ojo hace misterio del beso".*

¿Te parece exagerado si te digo que a las siete abrí los ojos y me sentí como nueva, lista a tragarme el mundo de un bocado? Una persona plena no necesita dormir tanto. Cuando él se despertó, todos mis miedos de no ser correspondida se deshicieron en nuestra sincronía mágica. Nos amamos como pareja de casados viejos con los deseos vivos, en la cama. Nos duchamos con la complicidad del orine corriendo por las piernas entrelazadas, las risas que multiplicó el espejo, la confianza de la cotidianidad.

Había olvidado por completo que en la oficina me esperaba una montaña de papeles y que a las once tendría una reunión. El teléfono sonó para ponerme los pies en la rutina. La despedida fue en el semáforo, con un beso ínfimo, sin abrazos. En su camino estaba la verde. Me escribiría desde Argentina. No me dejaba una dirección electrónica porque no tenía. Yo le daba las dos mías, sin cuestionar si era verdad o mentira su ausencia en el ciberespacio. Esperaba el cambio de la roja del semáforo con un adiós de hasta ahorita.

El mundo se había acicalado para presentarse ante mis ojos. Se me notaría demasiado la luz de quien es feliz, porque los comentarios no cesaron. Incluso alguien me soltó de golpe: «Diste cabilla, se te ve».

A las cuatro de la tarde la recepcionista me dijo que un amigo me esperaba. Nunca recibo visitas en el trabajo. Aquella voz hizo temblar el auricular. Taquicardias y su contrario. Músculos estomacales paralíticos. Frío y calor. Había olvidado no sé qué papel, no quería molestarme, pero no podría dejar de recogerlo. Ya tenía la carta, su avión salía al otro día.

Caminamos tomados de la mano. La noche anterior le había mostrado el edificio donde trabajo y él lo grabó, previendo conscientemente, o no, venir a buscarme. Tengo una memoria que envidiarías y en cuestiones de papeles sabes que soy una profesional, no se me escapan los detalles. Aquel papel lo dejó a propósito. Lo vi en la habitación juntar todos esos documentos en la mañana.

Una vez recuperado el boleto de avión, la excusa para no salir era el silencio y la inmovilidad. Entonces lo invité a una cerveza. Se negaba, lo ofendía que una mujer le pagara algo. Él no podía comprarlas, solo le quedaba el dinero del impuesto aeroportuario. Machista difícil de convencer, pero soy persistente y terminó recorriendo las escaleras empinadas de mármol en los dos sentidos, en más de una ocasión.

En la terraza nos embriagamos de cerveza, *de poesía y de virtud*. Le regalé mi vida en una tarde, todas mis lecturas, mis reflexiones, mis cinco años de universidad, mis secretos infantiles, el *troll* de pelo rosa, una foto de su ídolo barbudo cuando joven. Él me regaló su risa y una foto tipo carnet. Escuchó atento todas mis palabras. Mi mundo le interesaba, pero había signos, códigos, que para él eran ilegibles. En aquel momento no me cuestioné las diferencias. Disfrutaba el rol de pedagoga, mostrarle un universo nuevo, compartido con el ritual de la cocina, el sueño, y el amor de carne y huesos. De todas formas, él me introdujo en una perspectiva de la vida que me resultaba ajena. Una aprehensión del mundo que tocaba mis fibras emotivas.

A la mañana siguiente lo despedí en la calle, segura de que guardaba todo el papeleo en los bolsillos. Prometiéndonos intercambiar letras. Hubo abrazo, sin dramas. Al separarnos acercó sus manos a mi cara para que las oliera. Se llevaba mi perfume, que había sido también el de su primera novia. Nos reímos del fetichismo y de la orgía mental construida por separado en el instante.

Fui a la oficina con la esperanza de volver a escucharlo. Pero lo verdaderamente auténtico no se repite, y ese día volví a casa eufórica, dando tumbos con la soledad. Comí con su plato vacío enfrente. En la cama lo personalicé en una almohada. Lo soñé esa noche, la siguiente, y en noches sucesivas.

Tiempo de espera

La solución para su ausencia fue trabajar sin horarios, si no tenía algo concreto por hacer me lo inventaba. En las noches, rendida por el sueño, me preguntaba si de veras existió un Rodrigo, que era argentino, y al que no podía ni siquiera enviarle un *e-mail*.

Al llegar la segunda semana no me sirvió trabajar hasta media noche. La desesperación crecía, la incapacidad de convencerme de la veracidad de mi historia de amor en dos días, de mi vida, que sí estaba en otra parte. Ese fin de semana tiré con soberbia todo lo que se puso en mi camino. Bebí hasta golpearme con el piso, grité sin pensar en Tzara ni Munch; grité con una voz que me desconocía.

En el clímax de este drama llegó Antonio, un amigo psicólogo, quince años mayor, femenino como lo es el significado de su nombre: flor. Antonio, como la canción de Chico César, sabe cómo tocar el corazón de una mujer, ha sido mujer, yo sé. Lo conocía hacía cuatro años y habíamos compartido fiestas, libros, música. Nunca esperé que tras la terapia pudiera llegar un beso y luego el desnudo, las caricias, el sexo correcto formalmente aprendido. No nos cuestionamos nada, no concluimos nada. Cocinamos y dormimos, con Rodrigo atravesado en mi garganta.

Compartimos siete noches. Él aplacó mi locura con detalles de madre preocupada y sexo apacible. En ese tiempo Rodrigo se convirtió en un fantasma del que no podía desprenderme. Un fantasma que hería al hombre que le quedaba a Antonio, que lo hacía celar, cuestionar mis pensamientos. Un fantasma convertido en mi amante, mientras Antonio fungía de marido.

La rutina tiene el encanto de sorprenderte con creces. Después de tres semanas, en medio de las lluvias de un ciclón repentino, tenía el siguiente asunto en la bandeja de entrada: *"Hola amor de mi vida"*. Era el primero de tres correos que me hicieron la mujer más estúpidamente feliz. Tres correos minados de faltas ortográficas con los cuales enterré mi sentido crítico. Aún puedo repetir de memoria todas aquellas frases ridículas, para mí justificadas con Pessoa. Eran cartas de amor y su escritura me trasmitía lo que en ese instante no podría haberme dicho Borges ni Cortázar.

Rodrigo era mi amor, lo sentía en cada centímetro cuadrado de mi piel, no podía compartir mi ser con otro. Eso lo entendió Antonio, por eso desapareció, no sin antes hincarme con sutiles maldiciones, con frases hechas de mujer herida, de hombre despechado.

Cuando me dispuse a responderle el tercer correo nos avisaron que debíamos abandonar la oficina, todas las computadoras y el mobiliario serían resguardados, pues si tras cualquier lluvia de mayo o junio se forman entre los archivos y escritorios lagos y riachuelos, podrás imaginarte con un ciclón. Me apresuré, pero le dije todo lo que quería en el corto tiempo que me dieron. Escribí bajo presión, tecleando rápido, previendo no incurrir en faltas. Tras pulsar la tecla que le haría llegar mis señales de ceros y unos corrí a casa para asegurar las puertas y ventanas, meter a la sala las plantas del balcón, cocinar lo poco que guardaba en el congelador, acumular agua, velas, pan y tranquilidad. Una vez más me preparaba para un ciclón, pero este tenía la particularidad de haber traído con sus aguaceros, las señales de Rodrigo.

La noche sin electricidad, con el viento amenazando por cada hendija, con los relámpagos y truenos golpeando mis temores, se me hizo más soportable gracias a la lectura de los tres correos impresos, a la luz de una vela. Lectura repetida en mi memoria en las sombras de la total oscuridad. Textos rehechos a mi manera, con más detalles, sin sus faltas de ortografía. Correos arrullando mi sueño, dándome las buenas noches, el hasta mañana. Correos protagonistas de un sueño numérico y virtual. Y en todas las versiones de lectura el motivo recurrente era su anunciado regreso.

Al otro día la ciudad estaba como yo: los árboles sin hojas, los tendidos eléctricos en el pavimento, los cristales rotos, los trozos de casas dispersos, tirados en la calle, pero limpia y fresca como casi nunca se le ve.

Pasó el día de la anunciada llegada, y tres más, y una semana. Volví a ver al autor de los tres correos porque lo busqué. Caminé hasta la residencia estudiantil, localicé su piso, subí el equivalente a ocho veces mis escaleras, porque, como siempre, no funcionó el ascensor.

Sorpresa sin alegría. El mundo se desplomó sobre mí. La arena de un desierto entero se coló en mis ojos, las cascadas más altas cayeron sobre mi cabeza, fui quemada por herejías sin razón. Pero tengo una fuerza interna que me salva en las peores situaciones. Me acerqué, un beso y un qué tal formulado y común. Me senté a su lado. Éramos dos desconocidos, sin un tema afín, sin un campo magnético que nos envolviera al mismo tiempo, con la misma frecuencia; como si no compartiéramos recuerdos que nos hicieran cómplices. Había esperado tanto aquel momento... y se me diluía, como una tableta efervescente en un vaso de agua: la experiencia con Rodrigo se convertía en burbujas, algo que sirvió para aplacar un malestar de estación. Los dos días y los tres correos se hacían nada comparado con la mirada vacía, el silencio, la indiferencia.

Le dije que me iba y él se brindó a acompañarme. El camino recorrido otras veces en un tiempo demasiado breve, pareció una tortura de la que no se sale nunca. Iba acompañada de una sombra incómoda y un nudo en la garganta, sintiendo una soledad más dolorosa que esa a la que estoy acostumbrada. Me identificaba con aquellas calles en madrugada de farolas sin luz.

Tenía la certeza de que no sería parte de su cotidianidad, de sus planes de hombre común. No compartiríamos ni siquiera el amor más básico. Aunque yo, que tanto disfrutaba las conversaciones metafísicas, los análisis teóricos, las reconstrucciones filosóficas, olvidara todos mis textos y contextos cuando lo tenía delante. Con sus besos yo no reparaba en las palabras, una caricia y se desmoronaban mis ideas. Un abrazo y se convertía en el dueño de todos mis pensamientos.

En la verja que conduce a la puerta de las escaleras que llevan a la puerta de mi casa, nos despedimos tomando distancias. Bastó un gesto para impedirme cerrar. Detuvo, sin saberlo, el llanto. En una frase me describió a la perfección, me sorprendió con una noticia de mí misma. En dos palabras me sacó una sonrisa de verdad y borró el estado febril, la sensación de cortes de cuchillas en el pecho. Quería decirme también que me había traído un disco de tangos, que me lo daría luego.

Yo tenía para él una caja forrada de azul. La había llenado de tonterías que por separado hubieran carecido de significado. Pero al abrir la caja dejé un papel, a manera de inventario especial, donde hacía referencia a cada una de las piezas. Así él debía revolverlas, encontrarlas, redescubrirlas y armar con ellas el rompecabezas que mejor le pareciera. Recuerdo algunas de las cosas del inventario, encabezado por la frase:

Treinta razones de un par de días.

1. Musarañas para no pensar
2. Un jóker para que te juegues la vida
3. Para recordarte que estoy al otro lado del espejo
4. Una bolsa… y la vida
5. Una piedra en tu camino
6. Una caracola de viento y de sal
7. Una postal de La Habana
8. El naranja y el azul para cuando veas en gris
9. Un jardín de papel
10. Un botón sin ojal... ¿y el gusano de seda?
11. Campanitas para cuando te pierdas
12. Incienso para volar
13. Restos de lo que bebí olvidándote
14. La maldición del tiempo
15. Los besos que dejaste en mi balcón…

Subimos. Le di su regalo y besé su mejilla de manera muy delicada, me despedí con toda la cortesía que pude encontrar. Abrió la caja azul y la emoción lo desbordaba. Entonces me abrazó, buscó mi rostro. Unas lágrimas suyas se enredaron en mis mejillas. Nos tragamos en un beso.

Ocurrió todo en un chasquido de dedos. Ilusión instantánea de que cerraba un ciclo, aunque en verdad estuviera abriéndolo. Me autohería, me dañaba, pero confié en que no siempre una segunda parte tiene que ser mala. El derrumbe vino cuando me viró de espaldas, subió mi falda y se coló en mi vagina menos de un cuarto de minuto. Cuando el esperma se disparó por todos lados, y sin dejarme protestar, dijo mientras se cerraba la bragueta: «Ya lo venía necesitando. Acompáñame a la puerta que ya son las tres».

Recuperarme me llevó un mes de inexistencia. Una vez más perdía la confianza en la felicidad compartida, de los planes para cumplir con otro. Cuando quieras hacer reír a Dios cuéntale tus planes. Conmigo Dios debió reírse a carcajadas mientras yo me ahogaba en abismos, porque ni siquiera me quedaban lágrimas. Toda yo era como los bandoneones del tango que aún no se ha escrito. De alguna manera estaba entrenada, volvía a comprobar que nadie se muere por nadie, que llegas al fondo y al final sales a flote.

Volví a ver a Rodrigo cuando menos lo esperaba, cuando no era parte de mis pensamientos en tiempo presente. Me acerqué a saludarlo porque insistió en llamarme a gritos en medio de la noche, desde el muro del malecón. Hablamos de temas sin importancia, cumplimos con el insípido diálogo de los que se reencuentran después del fracaso. En su bolsillo una antigua nota mía, arrugada. Mi teléfono en un trozo de papel que transitó por todos los bolsillos de su cuerpo. Mi número de teléfono que sabía del desencuentro de nuestras voces, que conocía de sus timbres sin respuesta.

En media hora me aburrí de sus parlamentos (los mismos de antes, sólo había cambiado mi percepción) y de los cinco argentinos que se hacían los simpáticos hablándome como si me conocieran de siempre. ¿Por qué tienen que complicarse tanto los argentinos? ¿Nacen todos con ese gen? Si vivimos en la misma calle, un encuentro no puede ser algo difícil. Vuelvo a repetirme que no puedo con ellos, aunque me envuelva el encanto de sus voces, aunque existan varios motivos para no dejarlos completamente a un lado.

Al despedirnos hubo abrazos, besos en las mejillas, te quiero mucho, vamos a escribirnos y llamarnos. ¡Cómo si viviéramos en ciudades distintas! De todas formas me gustó la idea. Escribí unas cuatro cartas y él me llamó tres veces. En la última llamada me dijo que se moría por estar en la casa, por dormir y cocinar conmigo. Sin embargo, él no vendría, andaba de novio. Según él era una relación cómoda, término que no supo explicarme con precisión. Me dijo que no me preocupara, que no me sintiera mal, conmigo era diferente, a mí me querría siempre.

La novia era una técnico de hospital que yo conocía de vista, uno de esos personajes insípidos que pasan ante mi balcón y resulta ser parienta de mi vecina Judy. Este amor de mi vida se buscó una mujer que no le habla de signos ni señales. Para ella Borges continúa siendo el viejo que vende la leche, María Luisa la limpia-pisos de la bodega; mirar al sudeste carece totalmente de sentido y si este siglo es un cambalache qué más le da. Ella no se cuestiona el mundo. Ella no es linda, pero se tiñe de rubio y sonríe como diciendo *I'm sorry.* Y ellos no sólo las prefieren rubias, también las quieren simples, dispuestas a callar, tocadas por la fragilidad.

Tiene talento para ama de casa hecha a la medida, aunque se le puede señalar la decoración kitsch de corazón y no con raciocinio. No tiene clase, no tiene enigmas, no tiene un aura que cautive. Lo tiene a él.

Los tangos

Recuerdo a Rodrigo cuando escucho los veinte tangos. Pero *la música es olvido y el olvido es ilusión.* Sí, *yo me hice en tangos,* porque el tango no es sólo macho. Fui *Mademoiselle Ivonne* perdida en La Habana, sin mate para llenarlo de infelices ilusiones, creyendo que todas las tardes eran grises y que cada café sería el último.

Yo anduve siempre en amores, qué me van a hablar de amor. Al amor de tu vida lo puede matar la convivencia, la rutina cotidiana, el hecho de convertir el amor en un deber. Al amor de tu vida también lo puede matar el miedo antes de llegar la convivencia. El amor de tu vida se suicida con un desencuentro. *En las cosas del amor, aunque tenga que aprender, nadie sabe más que yo.*

Inspirada en Rodrigo, o en las fabulaciones que yo hacía de él, hubiera escrito una novela, pero mi relación con el tiempo prolongado, la constancia y la voluntad, frustrarían el propósito. Lo que me queda es la certeza de que un día cualquiera te despiertas creyendo seriamente que no volverás a enamorarte, que en ti se agotó la capacidad de emocionarte con una mirada, que nadie volverá a poner tus nervios en alerta. Pero un amor de tu vida puede llegar cuando más cerrada estás. Un amor de tu vida puede tocarte el timbre cuando menos lo esperas. Un amor de tu vida se pierde para siempre y cuando su ausencia deja de dolerte lo encuentras delante de tus ojos. Puede ser que sus cabellos sean otros, que sus ojos y su voz hayan cambiado, que tenga un lunar distinto, que su nombre te guste más o menos que el de antes. Y cuando este también se marche ten la seguridad de que será reemplazado por otra nariz, otra mirada, otra boca.

Te das cuenta de que perder una ilusión, o todas, es parte de la comedia humana que vivimos. Somos los fantoches protagonistas de las variaciones sobre un mismo tema, que en cada ocasión creemos algo irrepetible. Somos los esperpentos de los que se burla la vida. Los personajes de un texto no escrito, con serios problemas en la estructura narrativa.

Él y yo nos apartamos en el justo momento. Cuando la continuidad hubiera girado la historia hacia la negación de la trascendencia. Ha perdurado algo para contar gracias a la fugacidad. Compartimos una ilusión, un imposible marcado por las nostalgias de lo que nunca llegó a suceder. Un *contigo en la distancia* acordado sin palabras intermedias. Porque los silencios fueron nuestros diálogos más hondos, el cuerpo los textos en los que leímos una historia parecida a esta, pero aquella ni él ni yo sabríamos contarla. Sólo queda la memoria, que además de ser la mayor de todas las dudas, sabe de la verdad sólo lo que inventa.

Remedio para la soledad

"¿Qué hay en verdad más extraño para un creador que la totalidad de su obra? No ha conocido de ella más que los designios parciales, los fragmentos y las etapas, y la impresión de lo que ha hecho no es para nada la de algo entero y terminado, y no conoce de su perfección más que las aproximaciones, los ensayos".
—Paul Valery

Cuando te desgarres, y un pedazo de ti quede colgado en lugar desconocido, cuando no te encuentres, cuando el día te parezca demasiado largo, y creas que un suspiro te asfixia. Cuando consideres que todo y nada valen la pena, y reventar sea la única opción. Cuando te creas el único ser sobre la Tierra, y al mismo tiempo llores por la humanidad que va patas arriba. Cuando sientas que te late en las entrañas una bomba de tiempo, y que debes revertirte, virarte al revés. Cuando quieras ser otros, hurgar en intimidades ajenas sin causar perjuicio alguno. Cuando quieras verter la rabia y el amor. Cuando quieras gritar, ser escuchado y buscar soluciones, porque a fin de cuentas… ¿dónde estás?, ¿quién eres?, ¿por qué? …exprésate. Búscate un medio que te resulte cómodo, con el que te sientas bien, a gusto. Y en él te viras de revés y revientas y lloras y ríes, y te haces trizas y te diviertes, y te encuentras y te pierdes. Te repletas, te vacías. Te aseguras, te llenas de dudas. Suéltalo todo, inunda la materia con tu ser, esa persona que eres sólo cuando estás contigo mismo, a solas. Tal vez no es el remedio para la gran verdad. Tal vez esa gran verdad no existe, pero es el remedio para encontrar nuevos horizontes, calmar las bestias y seguir adelante con una sonrisa de placer en medio del caos.

40

Proyecto de instalación para ubicar en un nicho, a manera de gaveta, sobre el librero donde están mis autores preferidos.

Título: Para cuando me falle la memoria.

Materiales:

1. Grupo de bolígrafos inservibles, acumulados durante doce años. Único recuerdo de la escritura que ha tenido como fin la basura.
2. Una hoja del cuaderno sobre la que dibujaré un código de barra con mi número de identidad: 78102613816.
3. Cartón para construir el nicho.

Idea:

Sobre el código de barra ubicar los bolígrafos dejando espacios entre cada uno. Ubicar dentro de la "gaveta". Debajo copiar la siguiente frase de Kierkegaard: *"Sí, es cierto, hay más de un hombre que ha escrito los recuerdos de su vida, en los que no había rastros de recuerdos, y a pesar de ello estos recuerdos constituían sus beneficios para la eternidad"*.

Sobre uno de los laterales del nicho escribir los diez títulos de los libros que nunca escribí.

No se conforma con esbozar el proyecto. Lo materializa. La noche de ese día próspero, arranca con furia la página del cuaderno donde escribió su Rezo para una Revolución Interna. Lo hace trizas. Busca una página en blanco. Respira, bebe unos sorbos de té y escribe:

Rezo por la melancolía
Calle desolada de mi memoria
Olvida mi petición de revolucionar mi ser
Déjame la desesperación de los solitarios,
los incomprendidos,
los locos sanos.
Permíteme ver el dolor y la angustia de la multitud
Escuchar los pasos de la muerte cotidiana frente a mi balcón
Llorar la anulada existencia de los desconocidos.
Dame la paz de ser yo misma
De continuar viendo en las tinieblas
Y no cortes mis alas
Porque a pesar de tenerlas atadas
vuelo.

La jaba

Arrastra un carrito de hierro oxidado y botas rotas. Con cada paso hacia delante una nueva arruga surca su rostro. Con cada uno de sus pasos la luz del día va cumpliendo con timidez su oficio. Él va camino a cumplir el suyo. No es viejo, tendrá unos cuarenta, aunque parezca ahora estar rozando la muerte. Hace minutos, dejando atrás la puerta y un beso, lucía una juventud apacible. Pero con cada paso que da su rostro va cambiando. Lo primero en borrarse es la parte donde antes hubo una sonrisa, luego su nariz va perdiendo poco a poco la necesidad de respirar, y sus ojos no ven más, no los requiere para embestir el arte de su oficio. Al llegar a su puesto, su rostro se ha convertido en el producto de su venta. Allí, donde debió tener su identidad primera, se presenta al mundo una bolsa de polietileno, gris, anudada en el lugar de la barbilla, rematando la pronunciada nuez de Adán.

Sentado sobre una caja de madera a punto de podrirse, cumple de manera eficiente su misión de vender jabas con la agilidad de un prestidigitador. Sus manos callosas de tierra y sol nunca llegan a rozar las manos de quienes compran. No es de los que te miran con cara de perro hambriento si te quedas enfrente esperando tus monedas del cambio. Te devuelve todos los centavos con la convicción de que te pertenecen. Cincuenta, sesenta, cien jabas, una sola o un par. Para esta venta no han marcado cuota. Cobra, atiende al próximo, con esa paciencia que sólo tienen los que nada esperan. Logra la fluidez de la cola, donde los últimos intentan ser los primeros, y los primeros luchan con garras para no desocupar su lugar.

La gente está como los sacos, amontonada, esperando desde antes del amanecer las provisiones. Ceños fruncidos, miradas al vacío, bocas-cuchilladas. Llegan los camiones y los costales caen atropellados unos encima de los otros con el aplastante peso de las mercancías.

La gente vacía sus bolsillos, repletan las bolsas, compran como si fuera la última ocasión. Algunos van satisfechos, otros se la tiran al hombro con la conformidad de quien lleva a las espaldas la única solución posible. ¿Qué compra usted? ¿Se ha llevado a casa todo lo que quería? Permítame ver el contenido de su bolsa.

Cada saco vacío va marcando el transcurrir del tiempo, desde el rincón donde la podredumbre asfixia. En las mañanas parece una alfombra de retazos, a mediodía una cama revuelta con edredón y almohadas. A esa hora del día en que el sol empieza a declinar la luz y se despide con unas cuantas pinceladas rosa, ya es una montaña. A esa hora el mercado parece un camposanto de basura, un campo de batalla en el que se esparcen las huellas del día como las alfombras descosidas de una calle que empieza en el cementerio y termina en el mar. Huellas sin forma ni nombre.

El vendedor guarda en el almacén la mercancía restante para el siguiente día. Se pierde al final de la calle con su habitual sonido de óxido y falta de engranaje. Con cada paso de vuelta se desvanece su rostro de polietileno y una leve sonrisa regresa a su rostro.

41

Proyecto para ubicar justo encima de la máquina de escribir Woodstock, situada en primer plano a la entrada de mi casa.

Título: Documento oficial

Materiales necesarios:

1. Dos fotos tipo carnet, una mía y la otra de Rodrigo Straforini
2. Una hoja A3
3. Mi llavero con el símbolo de infinito en relieve y un poco de tinta china

Idea:

El documento como cuerpo y viceversa. En el borde superior colocaré las dos fotos, la de Rodrigo a la izquierda, la mía a la derecha. A él le cubriré los ojos con un pequeño rectángulo de tinta. Mi boca quedará cubierta de la misma manera. Entre las dos fotos escribiré con letra de molde, de dibujante: ENCABEZADO.

Un poco más abajo: DOS PUNTOS (dibujaré un punto negro a cada lado, uno delante de dos, otro detrás de puntos).

Antes de llegar al centro de la página dibujaré otro punto negro, con una coma a lo largo de la cual escribo con letra corrida: Y COMA.

Al centro de la página: CUERPO DEL TEXTO.

Casi al final: PIE DE PÁGINA.

Debajo de una línea: NOTA AL PIE: DOCUMENTO OFICIAL. (El símbolo de infinito de mi llavero, estampado como cuño).

Pone todo su empeño, su energía, creatividad, deseos, todo lo que se considere necesario para llevar hasta el final un proyecto, es su Documento Oficial. Es por eso que decide desmontar su inútil título universitario y utilizar el marco para concluir.

Al llegar la noche lo tiene en el sitio previsto. Encima de la Woodstock luce como si estuviera en una exposición. Ella es su público, la espectadora que repite su presencia innumerables ocasiones, pasando de un lado a otro de la casa y bebiendo un daiquirí a manera de *vernisage*, en copa de bacará, regalo de la madre cuando se casó con Lucas.

Está satisfecha. Ese montaje le alegrará cada entrada a la casa, le dará la bienvenida cada vez que llegue de la calle. La despedirá en cada salida, prometiéndole que tiene un sitio de ella, que allí afuera es para estar de paso, un lugar para confundirse con la gente. Sin embargo, detrás de la puerta donde está la Woodstock ella cree que se encuentra en territorio libre de las multitudes, ajena a cualquier masa. Detrás de la puerta donde está la Woodstock ella tiene un nombre, aunque se diluya en el silencio de su soledad.

Tres copas de daiquirí y se va al balcón para disfrutar su pedacito de mar, sus viejos recuerdos de malecón. Sus edificios rotos, su calle transitada, sus azoteas descoloridas, sus tanques de agua con salideros, su línea en el horizonte.

Vuelve adentro para admirar una vez más su obra concluida. Desvía su mirada hacia el cuadro de al lado, el que preparó una tarde de domingo en la que percibió el día *Negro sobre negro*. Cuadro con un detalle blanco sobre el que escribió en tinta negra: *"Kasimir en mi memoria"*.

Aquella tarde había comprendido mejor que nunca al artista del suprematismo. Será por la particularidad que tienen las tardes domingueras de parecer desvalijadas de todo lo objetivo. Tardes en las que la melancolía se extiende y la sensibilidad está mejor dispuesta. Los domingos por la tarde no se parecen nunca a los otros días, no se confunden, ellos tienen un sello individual.

Malevich se esforzó desesperadamente para liberar al arte del lastre de la objetividad. Se refugió en la forma del cuadrado. Representó un cuadrado negro sobre un fondo blanco. Ante este atrevimiento los críticos y el público se quejaron: ¡Se ha perdido todo lo que hemos amado! ¡Estamos en un desierto! La crítica y el público consideraron ese cuadrado como algo incomprensible y peligroso.

Kasimir Malevich nos dijo que los contornos de la objetividad se hunden más y más a cada paso, y que el mundo de los conceptos objetivos, todo lo que nosotros hemos amado, y de lo cual hemos vivido, se hace invisible. Él se sintió presa de un malestar que asumió las proporciones de la angustia cuando tuvo que abandonar el "mundo de la voluntad y la representación" en el cual había vivido y creado y en cuya realidad había creído. El cuadro de Malevich no era un "cuadrado vacío", sino la representación de la no-objetividad.

El éxtasis de la libertad no-objetiva lo empujó hacia el "desierto" donde no existe otra realidad fuera de la sensibilidad… y así la sensibilidad se convirtió en el único contenido de su vida.

Ella ha visto que ese cuadro, al lado del Documento Oficial, ha dejado de ser *Negro sobre negro*. Ella no ha tenido que ver con el cambio hacia el *Blanco sobre negro*. El detalle sobre el que aquella tarde de domingo escribió *"Kasimir en mi memoria"* ya no está. Debajo del cristal, ubicado en la proporción áurea del fondo negro, se encuentra, exhibiendo toda su blancura, un sobre.

Ejercicio # 7 para la memoria.
Escriba y repita cien veces, en alta voz, la siguiente frase:
SÓLO SERÁS CREATIVA DENTRO DE LOS PARÁMETROS QUE LE ORIENTEMOS.
Sólo serás creativa dentro de los parámetros que te orientemos. Sólo serás creativa dentro de los parámetros que te orientemos. Sólo serás creativa dentro de los parámetros que te orientemos. Sólo serás creativa dentro de los parámetros que te orientemos. Sólo serás creativa dentro de los parámetros que te orientemos. Sólo serás creativa dentro de los parámetros que te orientemos. Sólo serás creativa dentro de los parámetros que te orientemos. Sólo serás creativa dentro de los parámetros que te orientemos. Sólo serás creativa dentro de los parámetros que te orientemos. Sólo serás creativa dentro de los parámetros que te orientemos. Sólo serás creativa dentro de los parámetros que te orientemos. SÓLO SERÁS CREATIVA.

El asco

42

Un pie en el arcén y otro en el badén. La mirada vacilante pretende calar un poco más allá de la entrada que se le antoja un laberinto, la boca del león, la cuartería que nunca ha pisado, a pesar de situarse a unos metros de su casa. Un sitio que conoce sólo por referencias, los cuentos de la gente, y los gritos que se escapan para colarse en las ventanas del barrio: «¡Hassan!, te voy a matar a chancletazos, malparío». «¡Yuleisy!, ¡Madonna!, entren a bañarse que son las once de la noche y mañana hay escuela». Ruidos de botellas contra el pavimento. Ruidos de tambores. Risas excesivas. Llantos estridentes. Conoce a esas personas sólo por sus sonidos y por los chismes que comparte el barrio en las colas.

Mucho antes de la entrada al pasillo, en la acera, ante sus pies, se extienden los residuos de una tubería reventada. Mar de podredumbre en el que navega una almohadilla sanitaria Mariposa (las que venden en la farmacia por la libreta), la suela de una chancleta de goma, la envoltura de un pañal desechable, sin el relleno, porque aquí lo descartable resulta reciclable. Vacila y se cree incapaz de saltar ese océano repugnante. Pero ella necesita comprar dos bolsas de cemento para reparar el techo de su cocina y le han asegurado que allí venden. El Estado proporcionó, gratuitamente, los materiales para que ese solar en medio del Vedado fuera una llaga menos visible, pero los materiales de construcción se agotan antes de cubrir cualquiera de esas grietas. Los habitantes de las casas en ruinas prefieren unos cuantos pesos en el bolsillo. Mañana será otro día. El futuro para ellos es el plato de comida de ese día, la posibilidad de un ron mejor, el reemplazo del único par de zapatos.

Piensa en el techo de su cocina, visualiza a Iván Pedroso en su rol de campeón y le ruega sus piernas de atleta por unos segundos. Salta. Los talones ni siquiera han rozado el borde de ese pantano citadino. Gracias Iván.

Unos muchachos reparan una bicicleta rusa. Un viejo en camiseta guerrera, repleta de agujeros, babea un mocho de tabaco y escucha Radio Reloj. Agua jabonosa, con restos de calcañales y uñas, es disparada por la manicura desde una palangana, hacia el tragante en medio del patio. Nadie se inmuta. En los cordeles, la ropa descolorida se seca a la sombra, junto a un grupo de pañales sin relleno.

En los lavaderos, la vendedora de medicamentos de aspecto deplorable, la criticona de la doctora, cepilla con fuerza unos pantalones. Mira de arriba abajo a la intrusa y le propone:

—Niña, salfumán a veinticinco pesos el pepino, cloro a diez la botellita, desincrustante de la *shopping* a cincuenta.

—Busco a Cándido.

—¡Ah!, ese negro no vive aquí. Es en el otro pasillo. Si compras materiales, cuidado no te vean. La gente está revuelta con los inspectores —advierte y continúa cepillando el pantalón.

—Gracias —se despide, aunque la mujer ya no está mirando.

Camina, pero al instante deshace sus pasos para regresar a pararse frente a la vendedora-lavandera.

—Me das un salfumán y un desincrustante. ¿Te da lo mismo tres cuc?

La mujer tira el cepillo, lo ahoga en la jabonadura. Las patas del pantalón cuelgan del lavadero, chorreando. Se pasa las manos por la barriga para secárselas. Toma el dinero, arrastrando las chancletas hacia una puerta de cartón-tabla.

La muchacha se acerca y mira de refilón. Es muy curiosa y desconfiada. Todo el espacio que percibe es más pequeño que su saleta. ¿Cómo puede vivir la gente así? Hacinados, desprovistos de intimidad, de estética, sobreviviendo al límite.

La vendedora le entrega las dos botellas y acerca su rostro sudado y grasiento para ver qué más le saca:

—También tengo diazepán y vitamina C.

Para ir al otro pasillo debe volver a cruzar el agua podrida y caminar por el borde de la acera hasta el punto donde se estrecha la ciénaga.

El recibimiento en la otra cuartería es una mesa de dominó con un tipo que se planta, dando por terminado el juego y entre gritos bebe eufórico un trago de ron. Unos pasos después, un perro lame una gallina descuartizada envuelta en una jaba de nylon, el can esparce plumas por todos lados, mientras se faja tratando de arrancar una de las patas amarradas con un trapo rojo.

Una pareja embellece su hogar: él pinta las persianas y ella la puerta. Tienen el reguetón a todo volumen y ella mueve las caderas presas en un minúsculo *short*. Él le sonríe con un destello de oro. Entre baile y risa se acercan, brochas en mano, se besan apasionadamente, susurrándose algo al oído.

La escena le parece burda, vulgar, fea. Pero en el fondo le agrada, porque detrás de esas brochas a ritmo de reguetón y besos de cabaret, presiente unidad, interés de uno por el otro, por crear juntos un nidito. El intercambio de esas risas y miradas comprometidas y cómplices le trasmiten un rayito de esperanza. Fe en el misterio del amor, por más que haya pensado tantas veces en lo difícil que puede resultar ver florecer el amor en una realidad tan gris, donde la monotonía cotidiana te absorbe entre colas, hambres, roturas y más colas, donde siempre por unos instantes somos "el último" y todo es feo.

Definitivamente el amor tiene diferentes caras y en el reino de este mundo todos los caminos no conducen a Roma, pero sí hay múltiples caminos para arribar a todas las comunes búsquedas humanas: la felicidad, el poder, el sexo, el amor… lo que cada quien tenga como prioridad.

Un cartel de enormes letras rojas anuncia: "Coqui Fotógrafo". Bodas, quinces, cumpleaños, carnets, pasaportes, visas. Comprueba, con una mirada a la muchacha de la brocha que la puerta de Cándido es a la izquierda de Coqui.

Por fin puede negociar con el negro los dos sacos de cemento y un galón de pintura a cinco cuc. En la tarifa han añadido la transportación hasta la puerta de su casa. Para el próximo mes deja encargada una tanqueta de impermeabilizante (teniendo en cuenta una remesa prometida).

«¡Pinga!», una mujer grita tras el repentino corte de la electricidad. El reguetón silenciado permite el protagonismo sonoro de las fichas de dominó y sus jugadores, de un niño retozón con la carita hecha una máscara de mugre, con mocos verdes coronando su sonrisa.

«Hay que ser resingón para quitar la luz con estos calores», acota una mujer de rostro agotado, mientras se abanica con el *Granma* doblado en cuatro, recostada a una pared por donde sube una procesión de hormigas luego de hacer un banquete de una cucaracha muerta.

Se apresura a abandonar aquel sitio. Ella sin duda se considera pobre desde que nació, por más que haya vivido siempre en casas grandes y no haya carecido de lo más elemental para subsistir. Piensa en aquello que repetía su bisabuelo hasta el día de su muerte: «La Revolución no llegó para decirnos hemos triunfado para que todos prosperemos y llevemos una vida digna. La Revolución triunfó para que la élite en el poder dijera: 'Ahora que hemos triunfado los volveremos a todos pobres, miserables, porque como aconsejara Maquiavelo un pueblo arruinado es mucho más cómodo de gobernar'».

Siempre hay alguien peor que uno. Esta terapia que usamos comúnmente para reconfortarnos en nuestras penas la avergüenza en esta ocasión. Siente que ha sido egoísta y que está quitándoles algo. Acto seguido se confirma que de todas formas lo venderían igual, otro sería el comprador y ella tendría que aplazar su reparación de la cocina por sentimentalismo barato.

Por esta vez no se siente pobre. Siempre hay alguien mucho peor que uno. Ha descubierto en su interior que la pobreza de esa magnitud, la miseria, le hace sentir miedo y asco.

43
Plan adelanto

Se miró al espejo por enésima vez. Había transcurrido un tiempo largo, como unos cuantos días, antes de poder detallar su imagen. Se peinaba en segundos al descuido, no se maquillaba, no ponía atención a la ropa que se tiraba encima. Le bastaba con saber que iba adecuada, correcta para la media de aquella sociedad.

Al espejo se miraba sólo de pasada, las pocas veces que se empeñaba en recordar que todavía era joven. Volteó la cabeza, le dio la espalda a su imagen, para volver en un giro a retratarse en la superficie del tamaño de su cuerpo. No podía creerlo.

Aún no llegaba a los treinta años y su figura trasmitía la vejez en todo su esplendor. El pelo muerto por más que no pudiera asegurarse de contar más de diez canas. Mil caminos surcando su rostro, aunque no pudiera definir una arruga con exactitud, y sólo pudiera confirmar la salpicadura de ínfimas marcas en la comisura de los labios y al final de los ojos buscando las sienes.

Era vieja, aunque las estadísticas la contaran como joven. ¿Alguno de ustedes fue viejo desde los veinte años? Ella no era la única. En ese país era habitual. Por eso no causaba asombro. Al mirarse unos a otros no se sorprendían, pues cuando no se hace la diferencia, hasta lo más insólito comienza a ser costumbre. En el desesperado intento de sobrevivir, todos se habían hecho viejos, quemando etapas por necesidad.

El deterioro se extendía a las edificaciones, desmembradas como si hubieran sido construidas sólo de arena. Castillitos de niños esperanzados. Las flores eran viejas antes de cumplir cualquier encomienda a la que estuvieran destinadas. La comida putrefacta, la ropa de segunda mano. Destinos de segunda mano. El gobierno de ese país tenía un plan especial para adelantar los errores, las cuotas de dolor, las jabas de inercia. Todo en ese país era viejo, perdía bríos en el cansancio de subsistir, sin perspectivas. Sólo el sistema gestor de ese Plan Adelanto no se extinguía. Mientras más viejo, más enérgico, alimentado por la devastación. Sistema levantado sobre ruinas, sin esperanzas.

Se desvistió. Limpió el espejo con el periódico, órgano oficial, no fuera a ser que de poco uso estuviera empañado. Se peinó como las griegas de las esculturas que nunca verá. Puso carmín en los labios y polvo sobre las mejillas, como base para el rosa aplicado con la yema de sus dedos. Cualquier intento fue vano. Los retoques en lugar de agraciarla la envistieron con la triste imagen de un ridículo payaso.

Caen lágrimas rosa entre los muslos y la cara parece un garabato. Ella ha visto mujeres de otras tierras que se peinan al descuido, que no usan maquillaje, que se tiran la ropa, sin poner atención a los espejos. Mujeres que casi le doblan la edad y que el tiempo no les borra una sonrisa adolescente, una luz en la mirada.

44

El punto final del texto perduró en su mano, taladrando el papel, abriendo una herida, un orificio que dejará su huella en páginas siguientes. El bolígrafo, como una bailarina en giro entre su índice y pulgar. *"Una luz en la mirada..."* lee la última frase y suelta el bolígrafo. Toma el cuaderno a manera de espejo, adoptando una actitud vanidosa, una modelo orgullosa de su rostro.

Camina hacia su cuarto, sin el cuaderno. Se acerca poco a poco al espejo de marco dorado. Ya no posa, sólo se observa, feliz de lucir una piel tersa y al mismo tiempo identificada con la muchacha que acaba de construir en letras sobre su cuaderno. La punta de la nariz topa la superficie, su reflejo. Permanece así unos minutos, con el rostro perdido en su retrato de azogue. Imagen indefinida, los ojos como cíclope y la boca una media luna de carne apetecible. Los párpados caen rendidos sobre las córneas, cansados de mirar.

45

El sonido de la olla a presión va en *crescendo*. Ella, sentada en el vertedero, con una copa de vino, mira el movimiento de la válvula y piensa en los espectros. Ella quiere ser escurridiza como ese vapor que se escapa ante sus ojos. Perderse en la atmósfera, ser vapor de agua.

Sorbe el último trago, mira a su reloj y apaga el fogón. Está cerrando el paso del gas cuando escucha sonar el timbre. Debe ser Elena. Quedaron en cocinar y comer juntas. Ella ha cumplido su parte de cortar todas las especies y hervir el pollo en la olla. A Elena le corresponde deshuesar el pollo, porque nuestra muchacha siente asco de los huesos y preferiría comer arroz solo antes que tocar un trozo de pollo sin deshuesar.

No es Elena. No reconoce a ese señor que la saluda desde la verja de entrada. No lo identifica tal vez porque ha empezado a anochecer. El señor insiste en saludarla con el brazo en alto, le sonríe, le dice: «Soy yo». «¿Quién?», grita ella desde el balcón, sosteniendo con fuerza las llaves que hubiera tirado a la amiga. El sólo le dice: «Soy yo», como si ella no tuviese más remedio que identificarlo.

Baja las escaleras, curiosa por su desconocido visitante. Cuando abre la puerta se queda sin palabras y con las piernas estancadas en el mármol del primer escalón. El hombre se acerca a su encuentro y en segundo plano Elena abre la verja. Elena se queda ligeramente turbada, confundida ante el pesado silencio de los dos.

El señor entrelaza sus manos, nervioso, mira a cada una de las muchachas y luego al suelo. Elena interrumpe la atmósfera cargada con un beso a la amiga y un hola al señor. Ella interrumpe su inmovilidad, se desplaza del primer escalón hacia su amiga, la toma del brazo, la sitúa a su lado y señalando al hombre lo presenta: «Mi padre».

En doce años él ha cambiado notablemente. Está más gordo, mucho más blanco (desempercudido, dirían muchos aquí), las canas finalmente han hecho su aparición, ahora pasados los sesenta. Nunca antes lo vio tan bien vestido. Huele a Hugo Boss, ella reconoce la fragancia que sube a sus espaldas, dejando su rastro en cada escalón.

Cuando lo invita a pasar a la casa, él sólo da tres pasos. Permanece muy cerca de la puerta mirando desde todos los ángulos que le son permitidos en su posición. Ella está cruzada de brazos, mirando su mirada y recorriendo en su memoria los objetivos de las pupilas paternales. Elena se ha ido directamente a la cocina, no quiere importunar y en esa casa se siente en terreno propio.

«¡Tremendo espacio!», es su único comentario. El que ella aprovecha para cerrar la puerta y adentrarlo en su universo, mostrarle orgullosa todo lo que ha logrado. El orden extremo, la pulcritud, los espacios personalizados. Tiene la certeza de que él se sentirá a gusto, por poco que lo conozca sabe que son casi idénticos.

Yo fui el engaño de mi padre, su hija no deseada. Fue por eso que no conocí su rostro ni su voz hasta pasados los catorce años. Cuando la soledad empezó a pesarle demasiado y dejó de creer que los hijos son un error irreparable.

Él me buscó a la salida de la secundaria, se identificó y me invitó a un helado. Yo no puse reparos en seguirlo porque hasta ese momento tener un padre era mi obsesión y el motivo de todos mis rezos. Me convenció desde el primer encuentro. Tuvimos la certeza de que Dios repartió lo de la Imagen y Semejanza. Éramos espejos mutuos, almas gemelas.

Ese día supe que no era realmente la primera vez que lo veía. Me recordó mi sexto cumpleaños, el patio de la escuela a la hora del recreo, y un hombre que me llamaba desde la cerca, haciendo señas con los brazos, como los recientes saludos desde la verja. «Feliz cumpleaños... Feliz cumpleaños...». Todavía escucho esa voz apagada, temerosa y distante de quien me extendía un chocolate, escondido entre las enredaderas de flores malvas.

Yo corrí a esconderme en el aula y desde una hendija de la persiana vi al desconocido perderse con pasos apresurados. Nadie supo ese día que yo era obediente y que sobre todo sentía miedo. Miedo a cualquier cosa, miedo en abstracto. El miedo es tu único Dios, el que te impulsa o te detiene. Deshacerme del miedo me ha costado, no logro arrancarlo de raíz.

Ese día de mi sexto cumpleaños lo celebré con un pastel de pollo preparado por mi madre. Las tradicionales tortas con merengue me repugnan, pero el pollo me da asco.

He comprobado que el asco a los huesos de pollo es casi arquetípico. No soy la única que ha vuelto la cara y ha manipulado con mil remilgos un tenedor y un cuchillo a la hora de desmenuzar. El asco a los huesos de pollo no es propio de mujeres, he conocido a hombres-machos capaces de cualquier heroicidad, menos desmenuzar un trozo de pollo. Ese asco no tiene geografía, ni época, ni explicaciones científicas, ni siquiera lo he encontrado definido en algún libro pese a ser tan popular.

Mi asco era arraigado y antiguo, un asco surgido en el instante en que mi padre fecundó a mi madre definiendo mi sexo. Asco fetal, inconsciente, alimentado luego con palabras. Asco que creció conmigo, asco latente acariciado a través de todo el tiempo que me arma. Hoy, que no te tengo, me empecino en nombrarte y definirte. Asco de mis entrañas.

Fui hecha de asco. Fui un feto formado con las mejores intenciones de mi madre y el total desconocimiento de mi padre. Surgí de una fecundación tramposa, de un juego sucio. Para llegar al mundo viajé por el camino del infierno. Por allí me arrastró mi madre con su capricho y las buenas intenciones de tener una niña, aunque fuera lo último que le sacara a ese esposo que tanto asco le daba.

Mi asco al pollo comenzó a concientizarse a los cuatro años, cuando la imagen de un pescuezo de pollo hervido se convirtió en la asociación directa de la palabra feto. Durante mi infancia eso me ocurría a menudo, incluso ahora. Las palabras se enlazan en mi memoria a imágenes que nada tienen que ver con lo que está establecido. Aunque conozca perfectamente el significado de la palabra, el sonido que produce me lleva por otro camino. A los cuatro años yo sabía muy bien lo que era un feto. Había visto montones de ellos encerrados en pomos de laboratorio. Mi madre bióloga me explicaba detalladamente que yo había transitado por aquel estado.

De todas formas, pronunciaba feto y se revolvía mi estómago, confundiendo la imagen del cuerpecito encorvado con los huesitos enclenques y las membranas ennegrecidas o violáceas del pescuezo sobre un plato blanco manchado de sangre, con trocitos de coágulos. El mismo pescuezo, sobre el mismo plato, se convirtió en motivo recurrente una vez que me iniciaron en la vida colectiva del círculo infantil.

Nunca soporté dormir la siesta. En ese horario me dedicaba a escuchar atentamente las chácharas de las señoritas de bata rosa que nos mal cuidaban. Las escuchaba con los ojos cerrados de miedo a los jalones de oreja que procuraban a los desobedientes y el olor a orine clavado en toda mi cabeza. Tampoco soportaba el olor a orine, yo controlaba esfínteres desde antes de cumplir un año. Me libraba de la pestilencia por momentos, inspiraba fuerte sobre la tela del catre, para llenarme del aroma particular que tiene el lienzo hervido con jabón.

Quedaba boca abajo y las escuchaba atentamente. La señorita de ojos verdes y boca muy grande, a la que yo nombré Crema Azul, hablaba de lo feliz que era con su esposo, y luego la que apodé Pastel se lamentaba del hijo de puta, alcohólico de mierda ese, su esposo. Se me colaba de manera violenta el plato sangrante contra mi cerebro, el pescuezo dejaba de ser feto para convertirse en esposo. Cerrar los ojos con fuerza no me libraba de esa representación tan repugnante. Durante muchos años retumbó en mis oídos la palabra esposo asociada a un pollo hervido, a medio deshuesar. Esposo estaba asociado también a la rabadilla, las alas, la enjundia, trocitos de sangre coagulada y caldo brotando de carne blanca, por trozos ennegrecida o rosa, como las batas de las señoritas. Durante todos estos años cuando escuchaba la palabra esposo se me revolvía el estómago. Entonces recurría a la lucha de imágenes. Buscaba en mi memoria de primeros auxilios aquella con la que pudiera evadirme lo más pronto posible.

Para mí existieron siempre los maridos, *maris, mariage*... y María, virgen antes y después del parto, pero con marido. Los maridos no tenían una imagen asociada, escuchar la palabra producía sensaciones: descarga eléctrica a través de las piernas, cosquilleo estomacal, o una tela sedosa rozando mi cuerpo. Un marido nunca tuvo rostro y un esposo era el amasijo de huesos y vísceras chorreando caldo graso y amarillento.

Ella se sorprende mirando atentamente las manos de Elena descuartizando el pollo. Son manos delicadas destrozando firmemente la carne. Su padre está sentado en el comedor, tomando un café, solo. Le pide a la amiga que no se vaya esa noche, que no la deje sola con él. Elena tiene un compromiso a las diez, no puede faltar, es por fin su visa segura, la esperada salida, otra despedida más.

Mientras conversan ella se pierde en los ojos verdes de Elena, en la agilidad de sus manos, entre los pechos donde tiene una radiografía de esternón. Otra vez los ojos verdes, los ojos idénticos a los de Crema Azul, la señorita del Círculo que era feliz con su esposo.

Elena proyecta una armonía y una paz interior que me hacen confiar en la felicidad. Elena sonríe y yo olvido todos mis desasosiegos. Delante del fogón, terminando la comida, no dejo de pensar en sus ojos verdes. Ella le hace compañía a mi padre, conversan de los temas más diversos. Lo tiene hipnotizado. Yo me divierto en silencio porque sé que ella nunca le prestará demasiada atención. Los viejos le dan asco.

Asco. Esa palabra tuvo también en mi niñez una imagen asociada: un cuchillo entrando y saliendo de una masa sanguinolenta. Entra y sale al ritmo del sonido que produce el agua en ebullición. Asco es lo que sentía cuando veía huesos de pollo. Digo sentía porque me descubro mirando los restos que ha dejado Elena sobre el plato y no me producen la antigua sensación.

Se acerca a los huesos, los toca, los acaricia como si aún estuvieran sobre ellos las manos de Elena. Tira los huesos a la basura, se lava las manos. Entre los tres ponen la mesa. El padre descorcha la botella de vino que ha traído. Buen provecho.

Él ha tocado a mi puerta con la tranquilidad de quien no arrastra un pasado pesado. Yo lo recibí porque lo vi más viejo y con mirada de perro suplicante. Además, creo profundamente en que uno cambia. Lo que fuiste no es necesariamente lo que eres, ni lo que serás. Las ideas de hoy pueden ser las negaciones de mañana y los disturbios de ayer pueden recoger su paz hoy. Yo todos los días no me siento la misma, a veces me resulto ajena, me debato en cuestiones que algún día creí resueltas o resuelvo asuntos que nunca me parecieron pendientes. Si a mí me ocurre, si yo me siento en cambio perpetuo, por qué no voy a confiar en el cambio. Como en la canción: *"Cambia, todo cambia"*.

No parece tener intención de marcharse. Ya no tengo nada que conversar con él, ya le comenté de mi trabajo, le mostré la casa, fisgoneó en mi librero, conoció a la bella Elena. Que haga como Blas, come y se va.

Abrirle la puerta ha sido mi reconciliación, y perdón si se quiere, aunque para mí esa palabra aún está demasiado arraigada al catolicismo, lejana a mí. Que perdone Dios a través de los curas. Que se perdonen los curas, creyéndose con el poder de absolver a la gente de sus culpas. Yo me reconcilio auxiliada por el olvido. Lo invito a comer y dentro de mí no existen huellas de rencor. Creo que no despierta sentimiento alguno. Pero el tiempo no te hace olvidar, el olvido nunca es tan profundo como para ser real. El olvido guarda los recuerdos en el fondo de un archivo empolvado. Ahí está él, a mis catorce años. Almuerzos de sábados esporádicos y un libro entero de recetas de pollo. Por más que le expliqué que detestaba esa carne la convirtió en su especialidad culinaria, en la celebración de mi presencia. Es cierto que lo deshuesaba y que nunca vi una sola mancha rosa, ni siquiera un cartílago o alguno de esos hilillos negros, pero sabía que era pollo y entonces volvía a invadirme la imagen que distaba de las salsas exquisitas y la pulcritud.

Al final de cada almuerzo me entregaba una carta. Las primeras eran tímidas, refinadas en extremo, parecían escritas en otro siglo por algún aristócrata. Él es metódico, perfeccionista, utiliza un lenguaje tan retorcido como sus pensamientos. Debía leerlo en su presencia y devolverle el sobre cerrado. Las cartas estaban escritas para ser leídas por mí, pero no eran mías, no podía llevármelas. El tono y los mensajes eran tan ambiguos que me creé el complejo de culpabilidad en el que yo tenía ideas monstruosas y él era un alma sola buscando afecto y comprensión.

La última carta lo delató: relataba una historia del incesto con comentarios extras que denotaban una minuciosa investigación y tiempo invertido en reflexiones. Mientras yo leía él cerraba las ventanas y subía el volumen de una música marcadamente erótica. Nunca sentí más miedo en toda mi vida, pero el miedo fue mi impulso, mi ayuda. Corrí por la ciudad como una loca con el bulto de papeles estrujados, con las pruebas de su proposición.

Llegué a mi casa temblando, muda, con el terror de que el aire ya no era para respirar. Poco después llegó él, reclamando su texto con la misma voz apagada de Feliz cumpleaños... Al principio me negué, como se niega un condenado a soltar la prueba de su inocencia. El miedo fue la fuerza que ejerció sobre mí para que le devolviera la carta.

Después de aquello intenté ser natural, continuar mis días como si el incidente no hubiera dejado huellas, pero la crisis nerviosa que me sobrevino no estuvo al alcance de mi control. Asco de la gente, asco de mi novio virgen, asco de mí misma. Pero, como en el día de Feliz cumpleaños, nadie supo de mi miedo. Yo me desmoronaba sola. Abandoné a mi novio y mi madre nunca ha tenido tiempo para mí, así que nunca supo de mis pesadillas con ojos bien abiertos. Nunca estuvo presente en los momentos en que creí ser acuchillada en la entrepierna. Nunca curó una sola de las heridas purulentas por las que brotaba mi asco. Nunca enjugó una lágrima ni limpió mi vómito.

El mar fue mi terapia, perderme en la línea del horizonte, por la que semanas más tarde se perdió él también. Se fue del otro lado del mar, a una ciudad que desconozco. Se fue a recorrer calles que no escuchan el eco de mis pasos. Yo perdí mis ojos en la hondura del mar y el horizonte me devolvió estos ojos capaces de calar la hondura de la gente.

Saber su lejanía, consumir pastillas para el olvido y comenzar mi vida en esta otra calle resultó mi retorno a la paz. La ciudad siempre es la misma, Kavafis, pero cambiar de calle o acera puede ayudarte a creer que comienzas vida nueva, que eres otra.

Despiden a Elena en la puerta que da a la escalera. Él no hace ni el más mínimo gesto de irse. Más bien, todo lo contrario, se nota que está muy a gusto, que el ambiente está hecho a su medida.

Comparten un largo silencio, roto por la autoinvitación del viejo a dormir esa noche en casa de la hija. Hace tanto que no se ven. El hotel le queda lejos y no quiere a esa hora de la noche llamar un taxi. Ella quiere decirle que ya es suficiente, que se vaya, que no tiene nada en contra de él pero que los límites existen y ellos son casi dos desconocidos. Sin embargo, calla. Busca sábanas limpias y le indica un cuarto. Buenas noches, que duermas bien.

Ella lee a *La condesa de Merlín*, reclinada sobre la almohada y la pared. La luz de la lamparita sobre las páginas. La oscuridad de toda la casa entre sus sábanas francesas de lirios, cien por ciento algodón. Va acomodándose con el pasar de las hojas. Está casi dormida, apaga la lamparita antes de cerrar los párpados, no le ha dado tiempo a cerrar el libro.

Se sueña caminando por La Habana de principios del siglo diecinueve. Y mientras sus pasos avanzan por calles adoquinadas, percibe manos recorriendo su cuerpo. Manos temblorosas y frías. Manos muertas. Manos que la escalan con torpeza.

Su primera reacción es cerrar con fuerza las piernas, cubrir sus pechos con la almohada, aún con los ojos cerrados como si el sueño la tuviera vencida. Otra vez siente miedo. Siente furia y deseos de llorar. ¿Se levanta y con todas las fuerzas lo golpea? No puede, cree haberse quedado sin músculos. ¿Grita?, para que la escuche el barrio entero y no pueda escapar. La garganta no le responde y los escándalos la horrorizan. ¿Le pregunta en voz baja si se ha vuelto loco? ¿Y si toma la pregunta como insinuación excitante para continuar?

Es un relámpago al voltearse y encender la lamparita con precisión. Él se aleja de la cama unos pasos, caminando hacia atrás, y desde su ridícula imagen de viejo en ropa interior le dice que no piense mal, que solo estaba velando su sueño, acariciando todo el tiempo perdido, arrullando la piel suave que él perdió.

Ella se ha hecho un ovillo, reclinada en la pared, con las rodillas sobre el pecho y la almohada delante. Ha vuelto a ser un feto, entre los lirios. Con los dientes apretados, las manos y los pies húmedos. Carente de ideas, pensamientos, palabras. Es incapaz de mirarlo de frente. Él habla y va caminando hacia atrás, rumbo a la puerta, que deja semicerrada cuando abandona la habitación.

Cuando ella escucha sus pasos alejarse corre a la puerta, pasa el pestillo. Busca la llave y cierra, sin ruidos. En medio de la penumbra parece un fantasma burlando a los vivos. El miedo la ha dotado de una rapidez inexplicable.

Sobre la cama, apretada a la pared, apretando sus piernas contra el pecho. Escucha el deambular del viejo en la habitación de al lado, su presencia susurrante, su sombra acechando la pared que se le antoja un límite inseguro.

Él ha apagado su lamparita. Ahora le queda la total oscuridad y los pasos del viejo retumbando dentro de ella como eco de sus latidos. Ahora le queda el asco, revolviéndole mil nudos de sabores amargos y putrefactos. Siente asco de su sexo, de esa boca herida que ahora olvida cuántas veces sonrió. Asco de las manos que han recorrido todos sus placeres, asco de estar allí tan sola, sin un abrazo en el que guarecerse.

Escucha la cerradura de la puerta de entrada. El portazo… ¿Lo habrá hecho a propósito? Simular que se va para que ella abra la puerta. Que se ahorre cualquier explicación, no quiero su voz, mucho menos su rostro. Ya no soy aquella niña que se moría por tener un padre. Ya no soy la muchachita de catorce años que con la primera esperanza le brillaban los ojos. Soy una vieja prematura. He vivido tan cercana a la muerte desde tantas perspectivas, que nada me sorprende y desde hace mucho no me interesa agradar. Pero el miedo, ese sí no me abandona, es casi el mismo que a los catorce. Miedo fetal.

Mira al teléfono sobre la mesita de noche. Quiere llamar a Elena, recuperar la seguridad que le dieron sus ojos verdes, su sonrisa. Ni uno solo de sus músculos le responde, no puede moverse. Además, a esas horas…

Tiene incontenibles deseos de orinar. Ni siquiera puede bajarse de la cama y orinar sobre el suelo de la habitación. Ella, que controla esfínteres desde antes de cumplir un año. Ella, que se enorgullece de no haber sido nunca una niña pestilente, permanece por más de dos horas sobre el orine escurrido entre sus piernas.

Cuando los primeros rayos del alba tocan sus pupilas, comienza a mover los dedos de los pies, intentando eliminar el adormecimiento en sus extremidades. Luego las manos. Rotación de brazos, de cabeza. Estiramiento. El mudra de la salutación al borde de su cama.

Se ha levantado silenciosamente, con un ligero temor de que sus pasos puedan ser escuchados. Se siente un soldado en la trinchera, y como buen militar lleva en sus entrañas la capacidad de asesinar.

Asco, asco, asco. A los veintiséis años la palabra asco recobra el mismo significado que en su niñez, cuando aún los conceptos no eran asimilados con la requerida uniformidad, y cada palabra quería decir lo que ella quisiera.

Ha vuelto a escuchar ese sonido de agua en ebullición. Borbotea con cada uno de sus latidos. Aprieta los dientes con adoloridas mandíbulas trasnochadas. Con su mano izquierda aprieta recia su antebrazo derecho. Los brazos a la altura del corazón. La diestra se cierra en furioso puño.

Comienza su batalla. Una cuchillada, dos. Borbotea en sus sienes. La sangre salpica. Agujerea todo el cuerpo del viejo. Adentra el cuchillo y lo remueve. Se complace viendo la sangre brotar como fuentes. Múltiples fuentes.

Se siente satisfecha. Vencedora. Ha vuelto a respirar a plenitud. Se desnuda. Quita las sábanas francesas de lirios, cien por ciento algodón. Hace un bulto y lo tira a los pies de la cama. Ordena su pelo, levanta el teléfono.

Al colgar detiene su mirada en uno de los extremos del colchón. Se han metido allí, en su intimidad. Es un atrevimiento. No se siente con ánimos de seguir ningún juego. ¿Qué tienen que decirme ahora?

Ejercicio # 8 para la memoria
Escriba y repita cien veces, en alta voz, la siguiente frase:
EL MIEDO ES UN MÉTODO EFICAZ PARA MANTENER EL ORDEN.

Esta vez no va a seguirles la corriente. Busca un bolígrafo y con las letras más grandes que le permite el papel escribe: EL MIEDO.

Introduce la hoja en el sobre y lo tira sobre el bulto a los pies de la cama. Se mete en un ligero vestido de estampados rojos. Abre la ventana, la puerta. Elena no vendrá. Ayer fue su última visita, al menos por un largo tiempo. Ella no le mintió, realmente tuvo una cita a las diez para resolver su partida. Elena omitió, que no es lo mismo, aunque duela igual que una mentira. Sale de su cuarto con el bulto como escudo protector, con el sobre a la vanguardia. Recorre toda la casa, mirando en todo posible escondrijo. Cierra los pestillos de la puerta de entrada. Se dirige al lavadero del patiecito, deposita el bulto. Tira el sobre en la basura.

Descubre una nota sobre la mesa del comedor. Comienza a leerla: *"Gracias por tu hospitalidad..."*. No puede continuar la lectura... ¿Por qué ese llanto inútil por unas cuantas palabras sobre la mesa y el adiós? Hay un perro que ladra y una barca que espera, Salman, pero tu literatura no me sirve de mucho cuando estos vacíos se multiplican y mis ausencias históricas se me presentan de golpe todas juntas. ¿Qué hago con el temblor, el vómito y tanta inercia, ahora que el suelo bajo mis pies está quebradizo e infértil?

Hace trizas la nota. Los muertos no escriben, no dicen adiós cuando uno no les permite despedir su duelo. El asesino convencido no siente pena por su víctima. Es justa su acción, no merece condena. El viejo ha merecido morir en su memoria. El dolor y las lágrimas le están vedados.

Él ha dejado de ser una nostalgia, ya no lo siento como la añoranza de un universo cercano y desconocido. Cuando lo miré por última vez lo único que sentí fue lástima. Y yo no tengo arraigada en mí ese tipo de compasión. Antes le tuve asco y así existía: revolviéndose aquí dentro, instalado en mi vientre, segregando ácidos, comiéndome las entrañas.

Hoy vomité mi asco. He nacido de una fecundación nueva. Tenemos el don de nacer infinitas veces, de convertirnos en las fecundaciones de los instantes de ruptura. Se quiebra una estructura mental y dejas de tener pasado. Hoy soy un nuevo feto creciendo en el vientre de esta ciudad que como yo se quiebra. Mujer y ciudad fragmentadas que nacen, mueren y se suicidan a un ritmo sincopado. Mujer y ciudad cómplices. La Habana es el nuevo vientre que me cobija y esta ciudad hace mucho que también lo desconoce.

Janua sum pacis

"Todas las mañanas hay una rosa que se pudre en la caja de un muerto. Todas las noches hay treinta monedas que compran a Dios".
—Dulca María Loynaz. "Poemas sin nombre".

46

Hace años que no pisa una iglesia, ni se persigna, mucho menos confesarse y tomar el cuerpo de Cristo. Ella cree en Dios, profundamente, pero Dios sin institución, despojado de políticas, *status* y castigos. No obstante, siente a veces la necesidad de visitarlo en sus predios clericales, con su silencio, su imaginería, sus bancos de madera. Esta vez ha elegido un sitio cercano, pero al que nunca entró en el pasado. Está en esa otra ciudad colindante. En ese lugar íntimo, creado para despedirse de la vida.

Atraviesa los arcos de piedra coronados por las tres virtudes teologales, tres mujeres que bien pueden ser las guías del destino, las tejedoras de la existencia. Camina por la avenida central hasta la capilla. No mira a los lados, no repara en los nombres gloriosos convertidos en tierra y ceniza. Sólo quiere rezar en ese sitio destinado para hacerlo.

Un féretro rodeado de llantos y coronas le indica espera. No pretende interrumpir esa despedida. Mira en derredor para confirmar si se extiende la cola de los que dirán adiós. Está cayendo la tarde, este será, tal vez, el último entierro hasta el amanecer.

El cortejo se aleja arrastrando pasos lentos, acompañando al cadáver hasta su recinto final. Desde el tronco de un árbol… una niña se apresura hacia la entrada. Su figura, sus movimientos, su halo invisible, no corresponden con los datos establecidos de mujer pasados los veinticinco. El árbol conmovido allá en su seno a la niña una flor deja caer. Pero ella no se percata, concentrada como está en penetrar apresuradamente a la capilla, como si otros fueran a quitarle el espacio, desconfiando de la soledad que la rodea. Se acomoda frente a la cruz, intenta no respirar para evadir el olor a flores muertas. Exhala y se arrodilla, al tiempo que apoya un papel en el banco de enfrente. Expulsa cada letra en tinta y susurros.

Rezo para la invisibilidad
Porque me ha sido imposible la Revolución Interna
Y aun conviviendo con la melancolía
no puedo apagar mi luz interior
Por más que miro en los espejos no repito esas
abrumadoras caras resentidas.
Por más que escucho tantos comentarios de la gente
asesinando la vida de otra gente
no me interesa nada más que mi propio universo.
Para evitarme las radiografías indecentes
de ojos insanos y almas pútridas
Dame el don de la invisibilidad
Que pase inadvertida entre la multitud
de fantasmas que habitan estas calles
Que nadie note mi presencia
Dame el don de la invisibilidad.

Repite el rezo. Lee en voz baja con la convicción de que los ecos de su voz retumbando entre esas paredes le lleguen a Dios más pronto. Se levanta y sin persignarse, de espaldas al altar, se marcha.

Desde los escalones de la capilla su vista percibe la belleza esculpida en el silencio de esa extensa área, marcada por dos grandes avenidas de norte a sur: Cristóbal Colón y Obispo Espada, y de este a oeste Fray Jacinto. Ejes con el nombre del descubridor y dos clérigos. Dominan el espacio, lo marcan, lo establecen. Si no hubiera sido por ellos, Colón, sus carabelas y la conversión a la cruz, la historia de la isla estaría contada por otros narradores, con otro idioma. Pero entonces no seríamos nosotros los que estuviéramos aquí haciendo el cuento, divisando esta extensa ciudad para el descanso eterno, cuyas calles principales no llevan nombres de poetas.

Quiere adentrarse en la verde vegetación contrastada con la frialdad del mármol, recorrer la vida a través de todo el arte con el que los seres de esta ciudad brindan homenaje a sus difuntos. La necrópolis de Colón es un mosaico de diversos estilos, un pasaje a la cultura universal: románico, gótico, griego, egipcio, neoclásico, *art noveau*, decó, racionalista, ecléctico. Es un *showroom* de disímiles materiales y ornamentos: vitrales, columnas, rejas, balaustradas, cruces de diferentes religiones, mármol de Carrara, granito, piedra, maderas preciosas, querubines alados, bronces, reproducciones fotográficas en superficie de porcelana, ramas de laurel, relojes de arena y antorchas invertidas que aluden al tiempo y el fin de la existencia.

Deambula entre las tumbas. Le pregunta a Amelia Goyri, la milagrosa de las mujeres estériles, si algún día conocerá lo que es estar embarazada, parir, ser madre. Acaricia su vientre plano y rememora unos versos de la Loynaz: *"Madre imposible: pozo cegado, ánfora rota,*

catedral sumergida (...) Tú contra lo que quiere vivir,
contra la ardiente nebulosa de almas, contra la oscura,
miserable ansia de forma, de cuerpo vivo, sufridor...
Contra toda la vida tú sola... ¡Y cómo pierde su filo,
cómo se vuelve lisa y cálida y redonda la muerte en la
tiniebla de tu vientre!"

Familias reunidas nuevamente en los recintos fúnebres que reservaron en vida, otras separadas por la condición maldita de los héroes, los patriotas, los mártires. Algunos padecen, incluso después de abandonar toda ideología, la premisa sobre la que se enarbola este sistema: lo primero y único, la patria. Una patria con significado muy diferente al que esos héroes, patriotas y mártires pudieron concebir. Es la patria gran pena del mundo, esclavitud de los hombres. La patria de unos amos que con hambre y grillete someten a un pueblo empobrecido hasta la médula. La patria en la que nadie cree y todos sirven por miedo. La misma patria que separa a las familias y destruye al individuo. ¿Cómo podrían entonces descansar en paz juntos los hijos y los padres, las esposas? Muchos están en un almacén fúnebre para héroes, donde se organizan actos militares, donde son falso discurso: historia; algunos en diversas direcciones de esta misma necrópolis, algunos al otro extremo de la isla.

La patria… es el sitio donde me siento a gusto, son los instantes felices junto a mis seres queridos, mis amigos. Mi patria es mi cuerpo, mis pensamientos haciéndome la vida más llevadera, mis sueños en la lucha por cumplirse y desvanecerse. Patria es el lugar donde pueda expresarme con soltura, comunicarme sin trabas, más allá de los idiomas. Patria es la humanidad manifestada dignamente, sin opresión, sin dictadura.

Acaricia al perro inmóvil que fue fiel hasta la muerte, juega una mala pasada al dominó, doblando al tres en la solidez del mármol. Visita a los Gelats y Botet, pidiendo consejos económicos, algún manual para administrar la pobreza. A la dueña del panteón como un iglú le pide secretos amorosos. ¿Cómo hacer para vencer obstáculos a lo Romeo y Julieta y además tener por obsequio un palacete con arenas del Nilo y mármol de Carrara?

Kholy: tu reparto continuó siendo residencial. Si escuchaste que después de ese momento se terminaron las clases sociales, fue un mensaje falso. Tus glamorosas y sólidas viviendas pasaron de la burguesía a la nueva burguesía, de la republicana a la roja. De los que vivieron del trabajo de otros a los que hacen vivir a todos pasando mil trabajos, y degradan la condición de trabajador a la profunda miseria.

General Calixto García: el hospital que lleva tu nombre es la insalubridad, el deterioro. Los enfermos en condiciones precarias se ejercitan en el oficio de estar muertos. Si revivieras y pasaras por allí... ¿Cómo nos convencerías de que hace falta alzarse, romper cadenas? ¿Qué discurso emplearías si no nos queda nada del honor y la dignidad de tu época? Ahora los enemigos habitan incluso dentro de tu propia casa.

Escucha una lejana melodía de violines en la Tumba del amor, donde reza esta inscripción: *"Bondadoso caminante: abstrae tu mente del ingrato mundo unos momentos, y dedica un pensamiento de amor y paz a estos dos seres a quienes el destino truncó su felicidad terrenal y cuyos restos mortales reposan para siempre en esta sepultura cumpliendo un sagrado juramento. Te damos las gracias desde lo eterno".*

Los muertos dejan mensajes en sus lápidas, señales: *"Por mí no habrá derramamiento de sangre cubana ni intervención extranjera". "¡Amo sólo en el mundo la belleza!" "Que encuentre ahora la verdad su alma". "Como amareis, seréis amados".*

Camina, por ratos apresurada e indiferente. En ocasiones, se detiene leyendo inscripciones. La alta sociedad convertida en cenizas, las voces que se alzaron, apagadas para siempre, los poderes que se ejercieron, vencidos por el tiempo. *"Vivo sin vivir en mí…".* Cae a los pies de una tumba cualquiera, agotada, sedienta, con la cabeza latiéndole como corazón en malos pasos. Ha oscurecido y la brisa lame su rostro, enredándose en los cabellos rizados. Sin considerarlo cae rendida en un sueño profundo. Duerme apacible sobre la piedra que cubre a desconocidos cadáveres.

Cuando a medianoche abre los ojos, cree que está soñando y busca desesperadamente su sábana, su colchón, su almohada. El sonido de una lechuza favorece su terror, la debilidad de sus piernas y el palpitar intercalado con paralizaciones en todo su cuerpo. Un ataque de angustia. La noche asociada a la soledad no es buena opción en ningún sitio. Si la soledad está rodeada de cadáveres se encuentra uno en el túnel del pánico.

Siente un ligero cosquilleo desde el empeine, subiendo por la abertura del pantalón. Una cucaracha pide refugio entre sus piernas, escapa de la putrefacción de los muertos. La muchacha ahoga el grito en la súbita acción de levantarse, sacudirse y aplastarla. Corre hacia la avenida, buscando la capilla para orientarse hacia la entrada.

Los árboles parecen susurrar. El viento acuna voces de multitudes, mece cánticos y sus propios rezos. Se escuchan pasos sordos y lamentos mudos. La noche es incapaz de arroparla, la desviste de confianzas y seguridades. Le muestra la invisibilidad en todo su esplendor. Bajo escasas estrellas y la luna a medio llenar, con sus cinco sentidos, confirma que la vida es sueño.

El viento murmura con voces diversas. En la profundidad del silencio nocturno un oído, carente de talento para la música, es capaz de captar la diferencia del viento tejiendo laberintos entre las hojas de los árboles; el viento accidentado y perdedor luchando soberbio contra los muros de la capilla y los mausoleos; el viento acariciando los cabellos sueltos y el cuello al descubierto; el viento alzando al vuelo una tela, haciéndola ondear como banderola.

Pero, ¿qué tela? Ella va en pantalones, *blue jeans* y la camiseta ajustada serían incapaces de ondear al viento. Es un sonido de sábanas colgando en los balcones; un batir de alas enormes, como las que desearía tener.

Asombro y terror. Desconfianza de su sentido común, su sensatez, su capacidad visual. El manto marmóreo que corona una columna de panteón aristocrático abandona su esencia pétrea y se hace al viento, como la falda de Marilyn.

Cuando vuelve la vista sobre el camino por donde escapará de esa visión dudosa se espanta aún más con la multitud que se dirige organizadamente a la capilla y los ángeles que, como el manto, han deshecho su esencia pétrea, abandonando sus recintos. Los ángeles mueven sus alas, se elevan, enredándose entre estrellas y nubes. Un ángel negro la bordea en círculos, formando una espiral. Cristo multiplicado resucita, abandona los brazos de la virgen. La piedad está en la resurrección, la vida.

Cuerpos de un plano inmaterial que traslucen auras de colores luminosos. Auras rojas y naranjas de almas antiguas que fueron puntadas de la historia tejida con sangre y pasión. Auras azules de quienes estuvieron siempre al margen. Auras violetas, verdes, rosas. Auras que opacan a las exangües almas ocres que a ras del suelo forman la retaguardia del cortejo. Los últimos que no podrán ser nunca los primeros por haber sido castrados de la vida, mutilados de iniciativas, creencias, individualidad. Los que han muerto sin glorias, ahogados por las penas, los hijos o herederos de un tiempo de humanidad marchitada. Rostros desdibujados, cuerpos cubiertos de harapos.

Es incapaz de dar un paso. Se siente despojada de reacciones. La marcha se acerca y ella en medio de la avenida principal no se hace a un lado cuando la primera fila topa su presencia. El miedo inhibe, es capaz de imprimirte una rebeldía y un coraje para el que nunca creíste estar preparado.

Un sudor frío recorre todas sus venas. Cierra los ojos, convencida de que no pondrá reparos, se siente incapaz de luchar, no está hecha para las batallas, por más que ha crecido rodeada de *slogans* para guerreros. Harán lo que se les antoje. Podrán convertirla en polvo, amortajar el cuerpo helado, violar su sexo o arrebatarle el alma. Está preparada para el fin, aun cuando cree que nunca llegó a iniciar su vida.

Sabe que el tiempo tiene bastante de ilusión y variabilidad, pero ha transcurrido el suficiente como para que algo distinto le hubiera sucedido. Se ha preparado para el fin inútilmente. Creyó estar en un momento definitivo, confió en que algo grande le sucedería, pero ahí está: parada en medio de la avenida con los ojos cerrados. La vida parece burlase de ella, de su pasión por lo contundente. De ella se burla la vida, se ríe a carcajadas de toda la confusión enredada en su pecho, de toda la bruma alojada en su cabeza. Ni siquiera cuando todo indica que tendrá una experiencia extraordinaria, ocurre algo distinto en sus días planos y solitarios. El único cambio es el calor corporal sustituyendo al frío helado que la cubrió y se adueñó de sus entrañas. Recupera su temperatura. Toma conciencia del fluir de la sangre por sus venas. Relaja los músculos abdominales. Por fin abre los ojos. Una fugaz mirada panorámica le hace dudar de lo que creyó una experiencia fantástica en medio de su trivialidad infinita. Desde los pies hasta las sienes le recorre una oleada de iracundo calor. Da media vuelta, como si ejecutara una danza militar. Arremete una mirada colérica contra la entrada de la capilla, por donde supone que se perdió la multitud para la que ha sido indiferente. ¿Cómo han podido no tenerla en cuenta? ¿Por qué no repararon en ella y la pusieron al centro de sus atenciones si es ella la viva, la que existe, la que aún tiene un lugar al otro lado del muro, entre las ruinas de la ciudad? ¿Ni los muertos la tendrán presente?

Los espectros la habían bordeado, decentes, educados, gentiles. En la sociedad donde ha crecido, esos atributos son viejos rezagos, malas influencias del pasado. Educación se equipara a burguesía, decencia es antirevolución y gentileza denota falta de igualitarismo. Su familia le ha inculcado buenos modales, ella los ha asumido seriamente, por más que eso haya traído consigo burlas.

Los muertos pasaron a su lado, no fue delirio. Los recuerda, como imagen y sensación, aunque ahora sea incapaz de asegurar adónde fueron. El sentir colectivo de su presente social se apodera de todo su interior. Con pasos firmes, desbordando violencia, deseos de pleito, persigue las huellas de los fantasmas. Una sutil sensación ocre, flotando en el aire. Sus pasos firmes y su ira acumulada en estallido pleno, desvaneciendo ese color triste sobre la tierra en la que polvo somos.

Sube los pocos escalones, como quien está a punto de apretar el gatillo en cacería. Ella es cambio perpetuo, variabilidad sin fin. Al pasar el umbral del recinto sacro toda su ira se desmorona.

"Te damos gracias, Dios nuestro y Padre todopoderoso, por medio de Jesucristo, nuestro Señor, y te alabamos por la obra admirable de la redención. Pues, en una humanidad dividida por las enemistades y las discordias, tú diriges las voluntades para que se dispongan a la reconciliación. Tu Espíritu mueve los corazones para que los enemigos vuelvan a la amistad,

los adversarios se den la mano y los pueblos busquen la unión. Con tu acción eficaz consigues que las luchas se apacigüen y crezca el deseo de la paz; que el perdón venza al odio y la indulgencia a la venganza".

¡Cuánto tiempo sin ir a misa! Desde el último banco una señora le dirige una mirada, con un gesto la invita a su lado, le hace un espacio. Es una mujer de estampa grácil, pasados los cincuenta, piel morena y ojos azabaches, profundos, sabios. Una desconocida fantasmal que le trasmite confianza.

Sin temor, ya despojada de cólera, sólo curiosa y crédula agradece con una leve sonrisa. Casi de puntillas marca con incisiva delicadeza los doce pasos que la separan de la señora.

Un vistazo en derredor. Multitud de espectros. Tal vez entre todos ellos haya alguien de su misma sangre, alguna rama de su tronco familiar que le resulta completamente ajena. Por parte de su madre conoce hasta sus tatarabuelos, atesora de ellos fotos y diarios, pero por parte de su padre no conoce a sus abuelos ni por fotos. No podría respondernos el nombre de sus bisabuelos paternos. ¿Conoce usted el nombre de sus ocho bisabuelos? ¿Alguna anécdota de los padres de sus padres? ¿A quiénes considera su familia?

"Yo confieso ante Dios todopoderoso y ante vosotros, hermanos, que he pecado mucho de pensamiento, palabra, obra y omisión. Por mi culpa, por mi culpa, por mi gran culpa. Por eso ruego a Santa María, siempre Virgen, a los ángeles, a los santos y a vosotros, hermanos, que intercedáis por mí ante Dios, nuestro Señor".

Todos juntos rezan fervorosamente por los vivos, piden por la salvación de las almas que subsisten al otro lado del muro. Imploran amparo para los desposeídos y luz para las mentes que trazan los caminos. Porque tejer el futuro no es obra de tres mujeres míticas. La vida, el destino de un pueblo, puede ser mucho peor que cualquier leyenda. Verlos compartir armoniosamente el mismo espacio sin importarles la procedencia de épocas diversas, filosofías, clases sociales, le imprime fuerza, alegría, paz.

Aquella mujer, con la que su vista se deslumbra una y otra vez, debió ser una figura prestigiosa en los cincuenta. La ropa y la actitud no dejan de ser un lenguaje. A su lado, un espectro ocre de estreno en la necrópolis. Un poco más allá, una mujer de los años veinte, parece sacada de las fotos de una bisabuela que sí conoció. A unos metros, la dueña del perro fiel, con su compañero en brazos. Damiselas encantadoras y dandis con zapatos de dos tonos. Políticos, obreros, gente, gente.

"Él, en cumplimiento de tu voluntad, para destruir la muerte y manifestar la resurrección, extendió sus brazos en la cruz, y así adquirió para ti un pueblo santo".

Con sensación de plenitud recorre lentamente el espacio con su mirada, en el momento que el rezo colectivo se interrumpe para dar paso a oraciones individuales. Cada uno de los muertos escoge los nombres de los vivos que desean proteger.

Voltea su rostro al escuchar su nombre, con apellidos, edad y dirección, en español con acento francés.

El hombre reza en español, despacio, intentando no cometer errores, tal vez para que Dios no se confunda de archivo. Ella es incapaz de moverse del lugar, sólo su torso ha podido girarse, mientras los pies parecen estar clavados al suelo. Él está concentrado en sus palabras y no intercambia con ella ni una mirada.

En su interior se mezclan la alegría, la tristeza, la paz, el caos. Ella es importante para él. En vida no se lo dejó claro, nunca le habló de sus sentimientos más sinceros y de cuánto le pesaban aquellos treinta años más. Ahora está segura de que esa vez conoció el amor recíproco, aunque la reciprocidad no fuera manifiesta. Le desborda un sentimiento de luz, tenue, serena. La felicidad es callada y tranquila, no hace aspavientos, no lanza fuegos de artificio, no se pavonea ni se impone. La felicidad es escurridiza, será por eso que se nos escapa tantas veces de las manos.

Vuelve a darle la espalda, sin intención de que la vea. Ya no le queda una conversación pendiente, ya por fin puede pasar esa página con tranquilidad, acaba de curársele esa llaga.

"Cuando iba a ser entregado a su Pasión, voluntariamente aceptada, tomó pan, dándote gracias, lo partió y lo dio a sus discípulos, diciendo: tomad y comed todos de él, porque esto es mi cuerpo, que será entregado por vosotros. Cada vez que comemos de este pan y bebemos de este cáliz, anunciamos tu muerte, proclamamos tu resurrección".

Ha comulgado en su vida menos de cinco veces. La primera la tomó por embullo más que convicción, quería probar a qué sabían las hostias. Luego por automatismo, y a la quinta ya había abandonado la iglesia para convertirse a su propia religión. La señora que está a su lado le indica en un gesto amable unirse a la fila, y sin pensárselo dos veces sale al encuentro del sacerdote que ha convocado a los fantasmas para implorar por la suerte de los vivos.

Juan José Díaz de Espada y Fernández de Landa, fue nombrado Obispo de La Habana hacía doscientos años. Transcurrieron dos siglos de historia, desasosiegos, vicisitudes, milagros, herejías, misterios, ultrajes, quimeras y resurrecciones, antes de regresar para convocar la energía de los muertos. Oficia en esa capilla una misa a favor de los cubanos del siglo XXI, conmovido por la falta de esperanza y fe, la inercia, el espíritu vegetativo; preocupado una vez más por el destino de la isla, el bienestar de los cubanos. Porque, aunque fue España la tierra que lo vio nacer, él fue una figura clave en la formación de la identidad nacional cubana y su influencia alcanzó, más allá de los círculos eclesiásticos, logros en los campos educacionales, sociales y de salud pública. Quien esta noche ha convocado a las almas que reposan en Colón fue director de la Sociedad Patriótica de La Habana. Bajo su tutelaje floreció el Seminario San Carlos, donde apadrinó al joven Félix Varela, de quien se dice, nos enseñó a pensar.

Nuestra historia está repleta de casos donde las identidades españolas y cubanas cruzan sus límites, los desdibujan, se encuentran para luchar o reconciliarse. España y Cuba en una duradera relación de amor y odio, con espacios de olvidos y distanciamientos.

Fue Espada también quien inauguró un cementerio, precedente de este, pero llegó un momento en que los muertos exigieron un espacio mayor al existente y entonces otro español dejó su huella en Cuba: el arquitecto gallego Calixto Aureliano de Loira y Cardoso. Su proyecto para trazar el nuevo camposanto quedó seleccionado en un concurso, y, por si fuera poco, fue uno de los primeros en estrenar la necrópolis.

"Acuérdate también de nuestros hermanos que durmieron en la esperanza de la resurrección, y de todos los que han muerto en tu misericordia; admítelos a contemplar la luz de tu rostro. Ten misericordia de todos nosotros, por Cristo, con él y en él, a ti, Dios Padre omnipotente, en la unidad del Espíritu Santo, todo honor y toda gloria por los siglos de los siglos. Amén".

Padre nuestro,
Auséntate del cielo,
Desde allí eres un inepto
para nuestro infierno de la Tierra.
No permitas el sufrimiento
En nombre del poder;
venga a nosotros la paz,
el entendimiento
y la capacidad de amar;
Que tengamos la voluntad
De ser sinceramente uno mismo
Que el pan de cada día
Deje de ser lujo y privilegio
Que el perdón esté en los corazones
Y opaque toda ofensa
Permítenos las buenas tentaciones
Arriesgarnos sin hacer el mal.

Permítenos el bien.

La señora la sorprende al tomarla de la mano y sostenerla por unos segundos, mirándola a los ojos con una leve sonrisa donde la esperanza asoma. Una vez más la señora le indica el camino, esta vez en sentido contrario al altar, hacia la puerta de madera.

"Podéis ir en paz". "Demos gracias a Dios".

Cuando va saliendo de la capilla, cerca de la puerta se acerca a un mural. ¡Ah, los murales!, ¡hasta Dios pone murales en su casa! El mural es un aditamento obligatorio, donde se informa casi todo lo que a nadie le interesa y nunca exhibe lo que deseamos saber. Sin embargo, este mural tiene unas palabras de San Agustín que valiera la pena replicar en todos los murales. Una frase que le cala dentro, se aloja en su pecho, brindándole el calor de una sonrisa y la fuerza necesaria para afrontar el día que está recién comenzando:

"Aquellos que nos han dejado
No están ausentes
Sino invisibles.
Tienen sus ojos
Llenos de gloria,
Fijos en los nuestros
Llenos de lágrimas".

Camina con la mirada gloriosa, una sonrisa invisible, una lágrima fija pendiendo del cuello en un hilo de plata. San Agustín siempre le ha dado buenas señales. En cada paso va doblando la noche, con el cuidado que dobla las sábanas de hilo bordadas por su bisabuela Alicia. Dobla cada recuerdo de esas horas de revelación en el silencio sepulcral y los acomoda en el regazo de la aurora.

Sus ojos siguen el vuelo de un pajarillo de trinar melodioso que se ha escabullido de entre el follaje de un árbol para revolotear inquieto alrededor del conjunto escultórico dedicado al Cuerpo de Bomberos de La Habana, por sus fallecidos en un trágico incendio de 1890. Imponente obra de unos diez metros de altura, del escultor español Agustín Querol.

Pierde de vista al pajarito, pero aún escucha el canto sobre el silencio del amanecer. Camina hacia la Puerta de la Paz. ¿Podrá cruzar sin conflictos el arco de triunfo? Supone que tendrá que responder por su presencia a esa hora prohibida. Tal vez quieran revisar su cuerpo en busca de armas para ultrajar tumbas. Podrá ser acusada de sabotear a los muertos. Pero ya nada le importa. En su interior San Agustín se aferra a las vivencias de una noche única. *"No están ausentes, sino invisibles… llenos de gloria, llenos de lágrimas…"*.

Camina pensando en el pórtico de inspiración románica, con sus tres entradas que aluden a la Divina Trinidad. Ni por un instante se ocupa de planear su escapada, escabullirse, velar a los custodios. Tal vez sea por la poca importancia que les concede, que en el instante de cruzar a la otra ciudad, donde sólo piensa en un café y la ducha, uno de los guardias se ha volteado a orinar sobre la hierba y el otro cruza hacia el área de oficinas, dejando a sus espaldas a la intrusa matutina. No la vieron, de la misma manera que no hubieran visto a un delincuente. Sin embargo, para ella atravesar la arcada, el semáforo en verde y el despertar de la calle en armonía, significa magia. No se cuestiona sobre las sincronías de los movimientos, los engranajes acertados y justos que ponen a funcionar cada instante significativo. Para ella, sencillamente, ahora es invisible.

A sus espaldas, de la misma manera que Cristóbal cargó con Cristo, lleva su historia íntima con la ciudad que se extiende detrás del arco de piedras, ese que tiene como vigías dos relieves: la crucifixión en el monte Calvario y la resurrección de Lázaro. El arco coronado por una pirámide truncada sobre la que descansan las tres virtudes teologales. Fe, Esperanza y Caridad, serenas, solemnes, dando la bienvenida a todo aquel que de este mundo se despide. Debajo de ellas la divisa latina: *"Janua sum pacis"*.

47

Desde el balcón la ciudad le parece apetecible para recorrerla. No le incomodan las ruinas, ni repara en la molesta multitud que viene y va. Quiere tocarse con ese sol expandido sobre el pavimento y respirar la brisa de los alisios. Se siente nueva, una mujer completa que ha integrado al fin todos sus fragmentos. Una mujer cansada de estar cansada y triste. Una mujer que es toda una ciudad y por esa razón esa ciudad y esa calle no pueden hacerle mella.

Cierra la ventana del baño. Se desnuda, se ducha. En su voz una canción de la vieja trova. Una que le resuena en la memoria, acompañando musicalmente imágenes de archivo de la Calle 12. Se ha construido su propia película y ese es el comienzo. Imágenes que cambian al tiempo de la canción. Imágenes de la melancolía. Melancolía de una calle.

Se mira una vez más frente al espejo. El grande, donde puede verse entera. Se gusta, se sonríe, se hace señas de seducción. Se dirige a la puerta y, cuando está a punto de abrir, retrocede.

En su mesa de noche busca el último de sus rezos, donde pedía ser invisible. Lo lee en alta voz y al finalizar toma un bolígrafo para agregar dos líneas al final:

Hazme invisible

Y en mi velo cubre también a mi amor.

—¿Qué amor?

—Ese que encontraré ahora, cuando salga a la calle.

—¿Quién te asegura que podrás encontrarlo hoy mismo? Los amores no están sembrados en la acera esperando tu paso, para caer a tus pies, como las hojas secas.

—Mi amor no estará seco, ni caerá a mis pies. Nos miraremos de frente. Lo encontraré hoy, o mañana, que también será mi hoy, porque llevo puesta mi mejor sonrisa y tengo todos los deseos del mundo. Confío plenamente en que alguien está ahí afuera esperando por mí, para desvestirme las angustias y guardar en un cajón la soledad.

—¿Con eso basta?, ¡Qué ilusa eres!

—¿Qué es vivir sino una ilusión encadenada a otra? No intentes quitarme la esperanza, apártate de mi camino, soy yo quien cambia su rumbo, soy la arquitecta urbanista dispuesta a diseñar su existencia.

—Ya verás cuando te bajes de esa nube cómo te golpearás con tus balcones en ruinas y tropezarás con un muro tapizado por la humedad y caerás a un hueco repleto de podredumbre.

—Cállate, este diálogo no tiene sentido, te cerraré la puerta. ¡Silencio!, no te soporto, te enmudeceré a la fuerza, te quitaré el poder.

48

Ella camina por la Calle 12 como si fuera la dueña del mundo, o no, la reina de su calle. Se ve satisfecha, fresca, le brilla la mirada. Esta vez no repara en ninguna imagen deprimente, no existen ante sus ojos las ruinas, arquitectónicas o humanas.

Parece llevar cascabeles en su andar. A su paso hay cabezas que voltean y voces que la alcanzan con piropos. Parece otra, y su encanto no ha tenido que ver con peluquerías, gimnasios, masajes o cirugías estéticas. Va libre de pesares, olvidada de estar sola y ser triste. Los cambios ocurren dentro, allí donde uno tiene la mente, el espíritu, el alma. Ese es tu lugar sagrado, el único sitio donde puedes negar la entrada a los desasosiegos cotidianos y es ese mismo lugar donde se gestan las aprehensiones de la realidad tangible, traducidas en sufrimientos e infelicidad.

Al llegar a la esquina detiene su paso para cerciorarse de que puede pasar. En ese instante ve correr frente a sus ojos, flotando sobre el agua de la zanja, uno más de esos sobres a los que se ha acostumbrado. Ya son parte de su vida, le resultan cotidianos, algo que no la asusta, ni la alegra.

Cruza delante de un viejo Chevrolet que le ha permitido en amable gesto pasar. Recoge su sobre, lo sacude y el agua turbia salpica a sus pies. Saca el papel y vuelve a cruzar la calle para echar el sobre al basurero. Delante del latón abre el mensaje:

Ejercicio # 9 para la memoria.
Escriba y repita cien veces, en alta voz:
RESISTENCIA.

Dobla el papel en dos y continúa rumbo al malecón. Camina esbozando una sonrisa de niña pícara, va repitiendo en su mente el ejercicio: resistencia, resistencia, resistencia, resistencia…

Lo repite y le parece un ritmo de marcha, un ruido de botas sobre el pavimento. Resistencia, resistencia, resistencia. Patas de elefante sobre las aceras hacen retumbar la ciudad. Resistencia, resistencia, resistencia. Golpes de hacha y taladradoras en las calles. Resistencia, resistencia, resistencia. El agua corre hacia la alcantarilla arrastrando hojas secas, papeles, colillas. Resistencia, resistencia, resistencia y le sobreviene un ataque de risa incontrolable. No ha podido evitar asociar la palabra a las hornillas chinas que el Gobierno obliga a comprar para cumplir el proyecto de eliminar el gas en botellón. La gente ilusa dice: las hornillas que están dando. Pero aquí no dan nada. La verdad es que te lo venden y estás obligado a comprar; y si no pagas, están los inspectores. Hornillas de mala calidad, resistencias incontrolables. Resistencias al rojo vivo, resistencias frías, indiferentes. Resistencias amontonadas en los talleres donde no encuentran solución. Resistencias del mercado negro. Resistencias resueltas, conseguidas. Resistencias aguardando cambios.

Por suerte ella cocina con el gas que viene por tuberías. Aunque resulta más corrosivo no tendrá que entrar en la lucha de las resistencias. Así que para qué calentarse la cabeza. Regalarse una flor es buena idea. Al pasar frente a Tropiflora se anima a entrar y obsequiarse una flor en cuc. Una cala. Las rosas no le llaman la atención. Las calas son la flor del matrimonio, y aunque ella esté muy lejos de un evento conyugal, esas flores le parecen elegantes y sensuales. Las calas estuvieron presentes en las ceremonias de las mujeres de su familia casadas antes de la Revolución. La madre y las tías tuvieron que conformarse con lo que hubiera, sus casamientos ocurrieron en época en la que no existía otra moneda que no fuera el peso, ni otra opción que la conformidad. En su generación estaban cambiando las cosas, su prima había elegido las calas para su ceremonia en una iglesia en Miami.

La cala trae una tarjetica atada al tallo. La abre y no puede creer lo que dice. Aunque, ¿por qué no va a creerlo si todo es posible? RESISTENCIA. Camina hacia el malecón sudando mares, creyendo al sol una hornilla gigante y la cala su único aliciente.

No le sorprende cuando al llegar al mar, en el muro que delimita al agua de la tierra está escrito en enormes letras rojas: RESISTENCIA O ACCIÓN. Hace un gesto con la boca de quien no tiene remedio. Repasa con la mirada el letrero y hace su elección. Se sienta sobre la O, con las piernas hacia la bahía lanza la cala al mar como una botella sin mensaje. El gesto es lo importante, no lo que ocurre en verdad. Mentira. Hace trizas el papel del ejercicio, y en cada rotura mira hacia los lados como si le afectara que alguien estuviera mirándola en su acción. Dobla cuidadosamente los pedacitos amontonados y los lleva a la alcantarilla. Allí los hecha, como las monedas que ahorra un niño en la alcancía recién estrenada.

Vuelve a sentarse sobre la O, esta vez de espaldas al mar, inspirando ciudad, gente, sal y recuerdos.

El último

"No es por azar que nacemos en un sitio y no en otro, sino para dar testimonio. A lo que Dios me dio en herencia he atendido tan intensamente como pude; a los colores y sombras de mi patria; a las costumbres de sus familias; a la manera en que se dicen las cosas; y a las cosas mismas —oscuras, a veces, y a veces leves".

—Eliseo Diego

49
Rendición de Cuentas

Compañeras y compañeros,

Vecinos de esta gloriosa Calle 12,

Compatriotas:

(Se hace silencio en el público y todos dirigen su atención hacia la tribuna. Reconocen la voz, con gran sorpresa, pero aún más sorprendidos se muestran al escuchar una de sus pausas, con sonidos de garganta y papeles, pero sin él al frente. No ven al orador, la tribuna está vacía. Cuchichean, se miran, se preguntan con disimulo y otra vez la voz se hace protagonista).

Nos hemos reunido esta noche con el fin de tener un encuentro con la memoria. La obligatoria inercia provocada por una hostil cotidianidad nos ha hecho olvidar acontecimientos, hechos, errores, ocurridos a lo largo de medio siglo. Hemos tenido la capacidad y el talento para mantenerlos ocupados en nimiedades, estupideces, colas, miserias, que han obstruido el lugar del pensamiento destinado a la reflexión sobre la base de la memoria, y por ello hemos visto limitado el accionar como respuesta necesaria. Los veo y siento por una parte el regocijo de los poderosos, del que ha llevado con destreza los hilos de la marioneta por medio siglo. Por otro lado, me avergüenzo de la ineptitud que han mostrado para defender los derechos más elementales. ¡Qué vergüenza ver cómo se acostumbran a todo con tanta facilidad! Son unos perdedores de este juego en el que los límites se corren para verlos explotar, luchar con la furia de ser alguien y ustedes se acomodan a resistir siempre un poco más. Nos dejan sin adversarios. Es cierto que el sabio Maquiavelo afirmaba que era conveniente tener una oposición, siempre que fuera una oposición controlable desde el poder. Pero pasados cincuenta años me pregunto con melancolía si en este juego se perdió a la juventud, con todo lo que significa ser joven. Ahora que la vejez ha potenciado en nosotros la reflexión, pienso ¿a dónde ha ido el sentido de inconformidad, rebeldía, fuerza y acción, característicos de esa edad bendita? Personalmente, me defraudan sobre la base del orgullo que sentimos al haberles castrado el espíritu de la juventud. Son un pueblo inerte, temeroso y desprovisto. (Bostezos).

Esta noche pedimos a cada uno de ustedes unos minutos de introspección. Busquen en sus vidas individuales, retrospectivamente, aquellas decisiones sociales que tuvieron una repercusión en su existencia. Piense cómo lo sufrió específicamente usted, qué penas, ansiedades, lamentos, padeció tras imposiciones que no estuvieron al alcance de su ínfimo poder.

Daremos unos minutos para ejercitar el pensamiento, sabemos el desuso o mal aprovechamiento durante más de medio siglo, así que hemos previsto un método para despertar las ideas. El uso de la tecnología logrará esta noche un giro en sus vidas. Compartiremos un poco de historia, de la que ha influido y arruinado sus historias. Serán sólo pinceladas, unos pocos *recuerdos tomados al azar, porque saben ustedes que en cincuenta años la montaña de acontecimientos y errores puede alcanzar magnitudes aterradoras.*

Este encuentro no se trata de nosotros, sino de ustedes. Reflexionen, construyan su propio discurso, tómense la libertad de que lo tengan en cuenta. Piensen que Revolución es sentido del momento histórico; es cambiar todo lo que debe ser cambiado; es igualdad y libertad plenas; es ser tratado y tratar a los demás como seres humanos; es emanciparnos por nosotros mismos y con nuestros propios esfuerzos.

—¿Qué desea preguntar, compañera? —dice la voz sin rostro, refiriéndose a una cincuentona en bata de casa y chancletas que susurra algo a la de al lado y ha levantado la mano. La mujer duda si será con ella y mira en derredor—. Con usted misma, sí, la de los rolos y las chancletas rojas.

—A ver si apuras esto que en media hora empieza la novela brasileña.

—Sí, dale, menea, que hoy está buenísima —acota una mulata tetona mientras se abanica con una penca diseñada con los cinco rostros de los héroes.

Con telenovelas y carnavales, entre otros métodos, hemos mantenido obnubilado el dolor de tantos años dictatoriales. ¡Qué fácil lo han puesto! Mírense en el espejo de sus verdaderas realidades, de sus existencias. Decidan por una vez en sus vidas tomar conciencia y acción. Dejen la enajenación a un lado. (Bostezos y miradas a los relojes).

Revolución es desafiar poderosas fuerzas domi-
nantes dentro y fuera del ámbito social y nacional; es
defender valores en los que se cree al precio de cual-
quier sacrificio; es modestia, desinterés, altruismo, so-
lidaridad y heroísmo; es luchar con audacia, inteligen-
cia y realismo.

Sobre las paredes de este insigne edificio, esquina
histórica del Vedado, hemos desplegado pantallas por
las que desfilarán imágenes que removerán nuestra
memoria. Presten atención, compañeros y compañe-
ras. Cada uno encuentre su dolor enmascarado y
sáquelo convertido en arma de lucha. Sean sinceros
con ustedes mismos. Revolución es no mentir jamás ni
violar principios éticos; es convicción profunda de que
no existe fuerza en el mundo capaz de aplastar la
fuerza de la verdad y las ideas.

¡Por todos, y para el bien de todos!... ¡Patria
inerte!... ¿subsistiremos?

La pantalla en blanco por unos segundos parecía
burlarse del orador. Como si la nada fuera lo único asociado a la memoria, y la incapacidad del recuerdo se
estuviera exhibiendo ante todos como un espejo.

Empezaban las exclamaciones, las burlas (porque
eso sí, aquí cualquier situación es motivo de chiste, el
humor ha salvado la vida de este pueblo) las retiradas,
cuando antes de la imagen, un sonido de llamas ardiendo como si fuera a devorarse a la multitud, los aca-
lló. Los que se iban volvieron sólo por enterarse de qué
iba aquello. Les interesa más el chisme que la historia.

En la pantalla un fuego emerge desde la parte inferior, alimentado por libros que vuelan desde la posición donde se encuentra el auditorio. Libros de colección, enciclopedias, novelas de la literatura universal, poetas convertidos en cenizas. La cultura y el conocimiento devorados.

Los libros se agotan, solo quedan las llamas en la fachada del gran edificio con su esquina histórica, ardiendo en una danza diabólica, girando con la pasión de una bailarina española, cambiando de escenario.

¡Lápiz, cartilla, manual, alfabetizar, alfabetizar!, ¡*Venceremos*! Un grupo de jóvenes avanza, faroles en mano, defendiendo una buena causa. Llegan a los sitios más apartados de la isla… *por llanos y montañas el brigadista va…* con libros y el ansia de enseñar… *la luz de la verdad…* algunos son demasiado jóvenes, niños, niñas. Apartados de sus familias en plena pubertad.

Es así como una niña de catorce años recibe su diploma de maestra y le entregan un aula en una montaña muy lejos de la capital, donde está su casa, cuando aún no ha tenido su primera menstruación, pero sí el primer beso de amor robado.

Niñas y niños trabajando la tierra, esforzándose en cumplir una meta trazada. *Estudio, trabajo, fusil. ¡Venceremos!* Los niños trabajan como hormigas locas con el temor de no cumplir y por consiguiente no ir a su casa el fin de semana… Más de cincuenta literas en una habitación, baños de "concentración", comida sancochada en bandejas de aluminio, uniformes amarillos, azules, carmelitas. Padres cargando jabas como en una marcha de pueblo combatiente. Hijos que devoran el congrí sentados en la yerba. Padres que lloran mientras expurgan piojos. Hijos que lloran cuando se van sus padres. Padres que no cargan jabas, por estar muy ocupados llevando adelante "el proceso". Hijos que celebran la lejanía de casa, y fuman, se emborrachan y descubren el sexo en las canchas de básquet o en los matorrales.

Bosques que se extienden en su verdor, brindando una imagen placentera. ¿Quién diría que en Cuba existen tantos árboles, cuando estamos acostumbrados a los campos de caña y al marabú? Existieron. (Algunos del público comentan sobre una enérgica brigada que recorrió la isla arrasando). A los comentarios se unen unos segundos después las imágenes de la destrucción, desolación… tierra infértil.

Escolares sembrando posturas en negras bolsitas de nylon, trabajando en un huerto que tiene como telón de fondo una pared con la consigna en rojo: *"Pioneros por el comunismo, ¡seremos como el Che!"*.

La cámara se detiene en el muro y las letras de la frase repetida por los niños en cada matutino, con el brazo elevado hasta la frente, comienzan a desaparecer, desvistiendo al muro de capas de pintura, mostrándonos un mural de la historia, desde los aborígenes hasta la República. Lección sintética borrada con brochazos de lechada de cal. Trabajo inútil. Los colores de la historia contada en imágenes se transparentan, no quedan completamente sepultados, son resistentes a la desaparición. Pero volverán los brochazos una y otra vez hasta que el fondo quede totalmente blanco exaltando sus letras rojas.

La imagen congelada del cartel es quebrantada por un buró que vuela como los libros de la pira, desde la multitud al protagonismo de la pantalla. Un cementerio de burós que termina acuñado por la siguiente frase: Lucha contra el burocratismo. La mano que ha impreso el cuño se retira y la gran pantalla como una hoja de papel pasa la página. Se acuña entonces otro cartel: Lucha contra los contadores, herencia del capitalismo. Y un sinnúmero de cuentas se dislocan en frenético movimiento hasta convertirse en polvo.

Hermosos recintos, casas para una historia de la arquitectura son "saqueadas" bajo órdenes oficiales, después de ser abandonadas por sus dueños. Los que se fueron desprovistos. Los que dejaron sus joyas, sus obras de arte, su patrimonio, contribuyeron con lo que les obligaron a dejar, a la creación de un fondo económico.

Algunas de esas mansiones siendo entregadas en medio de la pasión y el entusiasmo a personas incapaces de valorar, como los cerdos bíblicos y las perlas. Es así que una piscina termina convertida en corral de puercos y muebles de madera preciosa convertida en leña. Gallinas paseándose por las habitaciones de puntal alto y piso de mármol, subiéndose en los muebles de estilo, picoteando una vitrina, dejando excrementos por todos lados.

Mansiones convertidas en residencias estudiantiles. Jóvenes llegados de los sitios más recónditos de la isla, descubriendo la capital y siendo albergados en las casas de los ricos, gracias al Robin Hood de la Revolución.

En una de esas becas vemos una mesa lacada. Su belleza es vilipendiada por un grupo de pescados tirados por las manos regordetas de una cocinera, quien, sudorosa, canta y descama para hacer un pisto. Seca el sudor de su frente con el antebrazo, dejando prendidas en su pelo, al azar, algunas escamas.

De las escamas al mar contra unas rocas. Del mar al llanto de una pareja que se abraza y se pregunta qué darán de comer a los hijos. Los han privado de sus trabajos por decidir emigrar a Estados Unidos, con los padres de él. Los padres de ella les han cerrado sus puertas. Ni siquiera un pedazo de pan para los nietos. Exhiben el rechazo hacia los que se van, gritan a los cuatro vientos la vergüenza por los apátridas.

La joven pareja ha vendido de la casa todo lo que han podido. Contados amigos han pasado a dejar alguna provisión sobre la mesa, donde trituran espaguetis con una botella y luego los mezclan con arroz en una cacerola a fuego de reverbero, revuelto con cuchara de madera y salpicado por la pena de una madre, la impotencia de un padre y el hambre de dos hijos.

Una disolvencia hace pasar los años, los envejece y entonces la que llora es la madre de ella, desesperada le escribe a la hija pidiendo las medicinas para el padre. Y empiezan los paquetes y al final un boleto de avión y un abrazo de reconciliación en el aeropuerto de Miami.

Un avión aterriza en una pista solemne. Trae los restos de los mártires de una guerra ajena. Los que se fueron en nombre de una solidaridad impuesta. Los que dejaron, sin proponérselo, familias rotas, matrimonios muertos antes de examinarse en convivencia, hijos sin padres que no conocieron el divorcio. Los héroes sin nombres ni rostros a los que el pueblo dice adiós desde las aceras, cuando se dirigen al silencio de sus sepulcros.

Una mujer camina exhausta. Carga dos jabas pesadas. En una lleva arroz; en la otra, tres tipos de viandas. Va desfallecida, pero interiormente siente el regocijo y la tranquilidad de haber podido conseguir comida para sus dos hijos. Es una madre sola, erguida con la fuerza que imprimen dos bocas pequeñas que alimentar. Un policía detiene su paso. Le pide identificación y revisar las jabas. En la mirada de la mujer hay miedo. Más fuerte que el miedo son las caritas sobre cuerpos debiluchos de quienes la esperan en su casa. Esas jabas son su botín y nadie se las arrebatará. Es por eso que se arma de valor y en un impulso le quita al policía su tesoro decomisado y lo dispersa en la calle. Si no es para sus hijos, tampoco será para el uniformado en azul. Cuando sube a la patrulla, esposada, mira orgullosa la alfombra de granos blancos, malangas, boniatos y plátanos que ha desplegado en medio de la calle.

El capitolio de la República de Cuba. Especialistas de la Academia de Ciencias son organizados en un trabajo voluntario (obligatorio) en el que limpian cada rincón. Los techos, lámparas, balaustradas, muebles. A un jefe se le ocurre que la estatua dorada de la República está falta de brillo y ordena lijas, escaleras. Un gran equipo entusiasta lija, haciendo polvo el recubrimiento dorado de la estatua inspirada en la Palas Atenea, desvistiéndola en sus diecisiete metros de altura, dejándole una desnudez negra.

La pantalla ha quedado en la total oscuridad. Frente a ella, desde la azotea del edificio caen papelitos rectangulares en blanco, como confetis de una piñata, o volantes de lucha. La multitud se sorprende y se abalanzan para enterarse de qué van esos papeles, pero enseguida escuchan la voz del orador que les informa.

Compañeras y compañeros. Ustedes cuentan, ustedes valen. Elijan sus memorias, escríbanlas en esas boletas que hemos puesto a su disposición y échenlas en esa urna de la memoria privada de historias públicas.

Socialicen, compartan, construyamos entre todos un nuevo rompecabezas con los fragmentos del olvido rescatado.

Los papeles caen. Muy pocos se toman en serio el ejercicio. La urna no llega a llenar su fondo. La gente corre a la novela y hablan de cualquier cosa menos del pasado. Caminan dispersos, en pequeños grupos y unos cuantos solitarios. Entre todas las voces hacen un zumbido de abejas en el que se repiten las frases nuestras de cada día:

¿Qué hiciste hoy de comida?... Gregorio tiene aguacates a ocho, de los grandes, buenísimos…Vino pollo por pescado… ¡otra vez! Y en el Mercomar solo hay croquetas, y Claria, qué asco… Se llevaron preso al hijo de Fela por proxeneta. Siempre lo dije que ese era un chulo…La bolsa de leche subió a cincuenta…Tengo un muchacho que me vende el pepino de yogur a veinticinco, ¿le digo que pase por tu casa? …Betty vino de Canadá, trajo ropa lindísima a buenos precios… ¡Ay!, si no tengo ni para comer, qué voy a pensar en ropa… ¿Viste cómo está reparando la chiquita esa, la rara? ¿De dónde habrá sacado el dinero?, porque esa casa está grande… La cola de las papas llegaba a la esquina, sólo diez libras por persona, y dicen que no sacarán más en buen tiempo… ¿Has oído las noticias del ciclón?... dijeron tormenta tropical… que venga y nos levante a todos en peso, ¡qué más da!... mami, si cocinas como caminas me como hasta la raspa… ¿Me resolviste turno con tu dentista?... Recuerda llevarle un regalito, la salud es gratis, pero cuesta… ¿qué compro? algo útil y con presencia…Mira cómo me dejó la dentadura… ¿Ya se fue tu marido de la casa?… Ex marido, y lo saqué hasta de la libreta de abastecimiento, a ver si Nancy lo recoge en su casa y lo trata como yo… Mañana nos vemos en la reunión del núcleo, no me demores que ya empezó la novela… Apuñalaron a un maricón en el Focsa y se llevaron a Papito para interrogarlo… ¿Probaste las cajitas de Caridad?, sirve tremendo trozo de carne, ¡hay que decirle usted!... no tengo dinero, tú sí, te mandan del yuma todos los meses…

El área frente a la tribuna ha quedado desierta. La masa abandonó la rendición de cuentas con el automatismo habitual. Es por ello que casi ninguno se percató de la gran valla que los recibía y despedía desde los dos extremos de la calle, bajo la cual todos pasaron, como un puente, con el mismo mensaje por ambas caras: *"Revolución es unidad, es independencia, es luchar por nuestros sueños de justicia para Cuba y para el mundo".*

Sobre la calle los papeles blancos comienzan a ser salpicados por una llovizna no anunciada en el parte meteorológico. Los televisores encendidos se ocupan de no avisar a sus espectadores con ropa tendida en los cordeles y ventanas abiertas por las que se colará la lluvia silenciosa. Una vez más la Calle 12 queda vestida por una alfombra, descosida horas más tarde por los barrenderos de Aurora.

50

Despertó muy temprano, mucho antes de las siete, con la sensación de que una luz recorría su cuerpo. Fue al balcón para disfrutar de ese momento en el que la Calle 12 guarda silencio, exhibe ventanas cerradas y unos escasos transeúntes. Le sonríe al lucero del alba y le pide un deseo con todas sus fuerzas. Sus pies, cubiertos con medias como piel de vaca, recorren el camino hacia la cocina, para colar el café en gorro de lienzo y verterlo en taza de porcelana inglesa.

Mientras bebe apoyada en el balcón le surge el deseo de escribir, por esta vez fuera de sus paredes y su puntal alto. Es así como antes de las ocho está sentada en el banco de madera y hierro del parque, con dos páginas llenas, con anotaciones al borde, con algunas tachaduras.

Pone el punto final y cierra el cuaderno. Lo deja sobre su regazo, lo cubre con sus dos manos. Con su mirada repasa a Nuestra Señora del Rosario, la conocida iglesia "del derrumbe". A esa hora de la mañana no están las risas de los niños que juegan a la pelota o montan carriolas, bicicletas, patines… los trajes blancos con sonidos guerreros de los que practican judo, kárate o taiwandoo. No ha llegado el grupo de abuelos que hacen gimnasia. No están los fumigadores, uniformados en gris, organizándose para una nueva jornada. No están las parejas que se besan, ni las que se pelean. Unos escasos transeúntes atraviesan el parque para "cortar camino". Sobre un banco distante de ella, un hombre vestido con harapos, dormita su inmundicia con una botella de ron en la mano que le cuelga hasta topar el suelo. Un perro con pedigrí recorre el terreno, defecando y haciendo pis donde mejor le parece. Su dueña lo espera, correa en mano, parada en una de las esquinas. En su proyección pretende dejar bien claro, que ella tiene tanto pedigrí como su perro.

Siempre le ha parecido que en este parque el tiempo transcurre con mayor lentitud. Los árboles parecen atarse al suelo, como estatuas robustas. No hay glorieta, sino una isla de cemento y yerba. Para ella este parque representa el misterio. Atribuye ese halo de poca terrenidad a la presencia señorial de El Rosario. Esa iglesia fue concebida para armonizar con el parque, como un conjunto. Idea defendida desde los años cuarenta por el fraile dominico español Reginaldo Sánchez. Idea que se materializó en cimientos, estructura, una monumental fachada neogótica, con un interior sencillo, pero dejada a medias por falta de presupuesto, apoyo y por último la enfermedad y muerte del sacerdote en 1952. El fraile al que el pueblo le dedicó un busto de mármol, sobre pedestal de piedra, en el parque, donde las cuencas de sus ojos, petrificadas y tristes dirigen su mirada perpetua al proyecto que defendió en vida, la iglesia de campanas silenciadas. Una mirada que conjuga con la boca fina, incrédula, sin esperanza, esculpida sobre una barbilla remarcada en la materia blanca. El padre Reginaldo ha quedado olvidado, al centro de una circunferencia de hierro donde hay tiradas bolsas, palos, hojas secas. Una reja por donde asoman algunas florecillas rojas en las que se nota que hace mucho ningún jardinero ha puesto su mano. ¡Hasta las estatuas son delimitadas por las rejas!

Al lado de la iglesia, en una construcción moderna, un grupo de monjas atiende a los fieles y ofrecen diferentes cursos. Recuerda haber asistido allí a uno sobre significación numerológica bíblica. Una monja que vivió un tiempo en Israel le enseñó que doce significa "elección". Les habló de las doce tribus de Israel, los doce profetas menores del Antiguo Testamento, los doce apóstoles, las doce legiones de ángeles que Jesús aseguró tener a su disposición, las doce puertas de Jerusalén, los doce frutos del árbol de la vida, y en el Apocalipsis, las doce estrellas que coronan a la mujer.

Sin quitar la vista de las paredes de piedra coronadas por pináculos, se levanta. El cuaderno sobre su pecho, en delicado abrazo. El sol ha ido tomando su protagonismo en la escena, en su fulgor, le dice que es hora de volver a casa, al apartamento antiguo de la Calle 12.

Una cuadra antes de llegar, se sorprende con la multitud en constante movimiento. La gente apretada, protagonizando el caos. No fue anunciada ninguna marcha, acto político, entierro famoso o visita encumbrada.

Su curiosidad la adentra en el gentío, donde sólo alcanza a escuchar las peticiones de "el último", ese ritual cotidiano que hace de las colas un rasgo de identidad nacional. La gente se amontona, se empuja, gritan, se vuelven a empujar. Otro pide el último, la algarabía se triplica, vuelven a gritar.

Recorre hacia un lado y otro, entre tropezones, pidiendo un permiso que no es escuchado, apretando con fuerza el cuaderno. No encuentra el principio ni el fin de esa cola gigantesca. No encuentra sentido a toda esa gente amontonada. Se mueven en cualquier dirección, la cola que adelante primero. Parece como si les importara bien poco definir sus destinos hacia un extremo u otro: el cementerio o el mar.

Quiere llegar a su casa, su refugio. Bañada en sudor logra pararse frente a su verja y queda aterrada, paralizada en el espanto. Una enorme masa ha cubierto todas las entradas, impidiendo el paso. Todas las puertas han sido bloqueadas, tapiadas con una masa color ocre. Es imposible saltar el muro, burlar la frontera. La masa que delimita la posibilidad obligatoria, está preparada para tragarse a quienes intenten huir a sus recintos. La calle, con sus dos colas rotativas, es la única opción.

Tiene deseos de llorar. Detrás de la coraza del cuaderno, en su corazón se hace un nudo y las palpitaciones se aceleran. ¿Qué podrá hacer ahora si la única seguridad que sentía era ese puntal alto, con su balcón y sus persianas francesas? La han desalojado como a la doctora, sólo que esta vez no hay policías ni camiones, pues en su expulsión no van sus cosas. Se siente entonces como su vecina Judy, que al elegir su destino se vio obligada a dejarlo todo, partir sin nada, empezar en cero.

Al menos, ella tiene su cuaderno. A él se aferra, como al balcón cuando era la tabla que la salvaba de los naufragios. Entre el balcón y esas páginas blancas sin líneas, ha logrado subsistir, vencer a la soledad, los desalientos, las decepciones. Entre sus dos tablas, se ha salvado del odio inoculado, de las cuotas de dolor.

Parada en la acera, frente a la entrada a su casa, ahora cubierta por la masa ocre, se siente desvalida, desnuda de confianzas y seguridades.

He tenido la voluntad de ser feliz contando sólo conmigo, pero esta cotidianidad sórdida viene y me arranca con violencia la voluntad. Me quedo encueros, carente de fuerzas, ni siquiera para sentir pudor o creer en la intimidad. ¿Qué puedo hacer si esta existencia hostil invade descaradamente todos mis rincones, desvalija mis entrañas, descuartiza mi condición de persona?

Poco le ha faltado para que caiga en la acera, atropellada. Tula, la bodeguera le ha tirado encima todo su sudor y su saliva, mientras la recriminaba por parecer estar en las nubes, cuando lo que tiene que hacer es pedir el último, estar atenta, cuidar no pisar callos o ser repellada por los aprovechadores.

No valen las disculpas. Como los permisos que pide al pasar entre la gente, se diluyen, se hacen polvo. Nadie la escucha.

Agachada, mientras se limpia las rodillas y acaricia con gesto lamentador la rotura de su falda, se siente una niña perdida en una marcha, una manifestación que no se explica, donde sólo sabe que transitan miles de gente, rostros pasajeros que no dejan el recuerdo de sus ojos. Desde allá abajo sólo alcanza a ver unas cuantas piernas y entre ellas un brazo que le extiende un pañuelo y tres rosas que desfilan tan rápidamente ante su vista que parecen pinceladas libres en rojo, blanco y amarillo.

Toma el pañuelo ofrecido por esa mano masculina y cuando se levanta, dispuesta a devolverlo y dar las gracias, para ella sólo hay caos, gritos, pasos atropellados, rostros desconocidos. En medio de la confusión, tras unos segundos de búsqueda infructuosa con la mirada, la mano masculina se extiende una vez más para dejarle la rosa blanca y desaparecer, sin permitirle su rostro ni su voz. Dejándola aún más confundida.

Camina de un lado a otro con el cuaderno, intentando disimular a cada rato la rotura de su falda. No marca el último en ninguna de las dos colas. Se disgusta al pasar al lado de un grupo de policías que hacen chistes y se ríen de la gente. Pasa frente al jardín de María y allí la ve, sentada en su sillón de mimbre con la mirada en ninguna parte, ajena a la revolución del otro lado del muro. Apura el paso, una vez que ha divisado a Ramiro, rumbo al cementerio con movimientos seguros. Es incapaz de llegar hasta él. Desde el otro lado de la acera Solange, la dama del perrito, se desenvuelve indiferente como si no existiera la multitud. Camino al malecón va Pesetica, guiado por la mano de Marcia, dejando atrás a su madre.

¿Me devuelves el pañuelo? La rosa blanca, el gesto de bondad, han cobrado voz y una hermosa sonrisa, no precisamente de revista, no debajo de una prominente nariz, pero sí combinando a la perfección con unos expresivos ojos color miel.

Ella se queda sin palabras, como habrás supuesto. Teme sonreír y que le salga una risa estúpida. Teme soltar el abrazo al cuaderno para saludar al muchacho y que las hojas salgan desperdigadas. Teme decirle al menos un hola común, pues ya sabemos que no le responde la garganta.

Parece que estamos para encontrarnos, le sugiere él mientras le extiende la rosa amarilla y una sonrisa. Por segunda vez encuentra encanto a las rosas. Ella que tantas veces dice que esa flor típica en los regalos le disgusta, que prefiere los gladiolos, margaritas, claveles, cualquier otra. Está embobecida, pero antes de poder iniciar una conversación él se despide con un «nos vemos, ahora vuelvo, espérame aquí», debe ver a alguien del tumulto.

Ella se sienta en el borde de la acera y acaricia las rosas. Quita un pétalo de la blanca, otro de la amarilla. El ritmo para desvestir a las flores va en *crescendo* hasta quedar todo el cuaderno cubierto como un lecho de seda y los tallos verdes descoronados, inútiles. Él no regresa pronto y ella decide continuar de un lado a otro, con el firme propósito de no volver a ser Penélope.

Arrastra sus pasos en medio de la muchedumbre. No quiere pensar. No quiere saber qué les deparará el futuro más inmediato. Tampoco quiere llorar, no quiere permitirle a ese nudo en la garganta que se muestre humedecido a través de sus ojos. Prefiere seguir callada, caminando sin rumbo.

Desde aquí arriba todos lucen como niños perdidos, arrancados de los brazos de sus madres. Han hablado tantas veces de la necesidad de un cambio, de tener opciones, de hacer valer sus voluntades, de que florezca la individualidad. Pero, pobres infelices descarrilados, no sabrían qué hacer con un ápice de libertad. Están confundidos, inseguros. Lo único que tienen es el caos. Están llenos de miedo, deseosos de volver a su normalidad. A ese túnel conocido, cotidiano. Un cambio radical significaría dar unos pasos hacia el final del túnel, hacia donde creen que asoma una luz. Pero el final del túnel no está en camino recto. Hay una curva oscura, a la que escasos arriesgados se atreverían.

Un cosquilleo en su cuello la hace saltar asustada y su cuaderno va al suelo mientras ella se voltea. Otra vez él, jugando con la última de sus rosas. No esperaste donde quedamos…y el gesto de él, agacharse para recoger el cuaderno, es cortado por ella en un movimiento mucho más veloz. ¿Es tu diario? Con un gesto de cabeza ella niega. Se sientan en el borde de la acera y entre los dos tiran los pétalos de la rosa roja, uno por uno, sobre el agua de un salidero que corre por el badén hacia el tragante de la esquina. Permanecen en silencio. Cuando sólo queda el tallo ella mira su cuaderno y se percata de que una hoja se ha desprendido. Lo abre para arreglarlo, pero ve que no es su letra y mirándolo a él disimuladamente, con la intención de quien no mira adentro, lee:

Ejercicio # 10 para la memoria

Ubique de manera lógica, creativa y sensible las frases trabajadas en ejercicios anteriores.

Atención: si no logra cumplir correctamente este trabajo tendríamos que entrenarla con ejercicios de mayor rigor.

¿Qué pasa? Sea creativa, sueñe, planifique su tiempo y sea sensible.

¡Ánimo, compañera! Esperamos que se le ocurra algo digno. Dé rienda suelta a su imaginación, no se limite.

No tenga miedo, relájese y escriba…

www.ingramcontent.com/pod-product-compliance
Lightning Source LLC
Chambersburg PA
CBHW022034240626
47154CB00007B/2399